Make love, not war!

© 2019 Robert Müller

Neuauflage

Verlag und Druck:
tredition GmbH, Halenreie 40-44, 22359 Hamburg

ISBN 978-3-7497-7757-0 (Paperback)
ISBN 978-3-7497-7758-7 (Hardcover)
ISBN 978-3-7497-7759-4 (e-Book)

Bibliografische Information der Deutschen Nationalbibliothek:

Die Deutsche Nationalbibliothek verzeichnet diese Publikation in der Deutschen Nationalbibliografie; detaillierte bibliografische Daten sind im Internet über http://dnb.d-nb.de abrufbar.

Robert Müller

Der
Belästiger

Von lästig sein bis lästig fallen

Ein #MeToo-Roman

Ein berührender, gesellschaftskritischer Roman über menschliche Leidenschaften und kriminelle Machenschaften an einem ewig topaktuellen Thema – dem Altwerden

Ich danke meiner Frau
für die gewohnt gewissenhafte Korrektur
und die Unterstützung und Zeit,
dieses Werk verfassen zu können.

Text und Grafik: R. v. M.
Eigenverlag, Wien 2018
Alle Rechte vorbehalten
Kontakt und weitere Bestellwünsche siehe letzte
Seite sowie **www.buecher-rvm.at**

Vorwort

Täglich verbreiten die Boulevard-Medien Vorwürfe wegen (angeblicher) sexueller und wirtschaftlicher Verfehlungen. Bad news are good news. Es ist das (immer weniger erfolgreiche) Geschäftsmodell dieser Medien, das zu deren (monetärem) Glück neuerdings durch die #MeToo-Bewegung befeuert wird. Weniger zum Glück der meist ‚honorigen‘ Personen, die zum medialen Scheiterhaufen geführt werden. Ob zu Recht oder zu Unrecht, bleibt vielfach offen.

Aber warum ist #MeToo allein darauf beschränkt? Gibt es nicht Ereignisse sogar in Ihrer eigenen Biographie, wo Sie #Ich-Auch sagten, Leid erfuhren – oder auch Leid zufügten? Situationen in Beruf und Familie, die Ihnen heute peinlich sind, die Sie und andere ins Zwielicht bringen könnten?

Dieser gesellschaftskritische Roman sinniert anders als die (bei Drucklegung vier) anderen Bände der #MeToo-Reihe nicht über die rücksichtslose Gier nach Sex, Geld und Macht, sondern anhand der letzten Monate im Leben eines alten Mannes über das Phänomen sexueller wie sozialer Belästigung als innerfamiliäres #Ich-Auch.

Viel Vergnügen beim Lesen und darüber Nachdenken!

R. v. M.

Kap_1 Prolog: Ich

Hallo. Darf ich mich vorstellen? Werner Fuchs ist mein Name. Dieser Name sagt aber nur wenig über mich aus, da ich ihn mir ja nicht ausgesucht habe. Vielmehr wurde er mir von meinen Eltern gegeben.

Rückblickend gesehen war es aber keine schlechte Wahl. Immerhin bezeichnet Werner – wenn man sich der sprachlichen Wurzeln im Althochdeutschen besinnt, wo ‚warjan' wehren, schützen, verteidigen bedeutet – einen Menschen, der auf sich achtet, der warnt, der sich nötigenfalls wehrt, sich verteidigt. Dazu gab es in meinem Leben genug Anlässe und Gelegenheiten. Und mein Familienname bezeugt, dass ich das oftmals mit der sprichwörtlichen Schlauheit des Fuchses tat.

Vielleicht wäre statt Schlauheit Klugheit zutreffender. Mit Schlauheit ist auch ein wenig die Verschlagenheit konnotiert. Und das kann, besser will ich nicht über mich gesagt haben. So sehe ich mich nicht. Jedenfalls war mein geschäftlicher Erfolg im Leben nicht derart, dass man mir Verschlagenheit attestieren könnte. Im Gegenteil. Immer habe ich versucht mit offenem Visier zu kämpfen, was möglicherweise gegen die eben postulierte Klugheit spricht.

Meinen Erfolg im Privatleben und noch mehr im Berufsleben machte meine Hartnäckigkeit aus, die nicht wenige als Belästigung empfanden. Aber wie soll man sonst als Außendienstmitarbeiter eines Großhändlers seine Waren an den Mann bringen, wenn nicht durch dauerndes Anrufen und Vorsprechen bei den Kleinhändlern. Heute tun das die Newsletter der Versandhäuser, die einen fast täglich mit Sonderangeboten locken, mit Sommerschlussverkäufen, die das ganze Jahr dauern oder Weihnachtsangeboten, die es schon ab August zu kaufen gibt. Heute erhält man individuell auf sich zugeschnittene Angebote, an denen man sieht, wie gläsern wir alle dank Google&Co bereits wurden. Zu meiner Zeit war ich es, der um die wahren oder vermeintlichen Bedürfnisse und Begehren meiner Kundschaft Bescheid wusste, war ich der, der ihnen mit meinen dauernden Angeboten und nie mehr wieder so günstigen Sonderangeboten lästig wurde. Damals gab es den Begriff Stalking noch nicht, sonst hätte man mich wohl nicht mit dem Etikett ‚Der Belästiger‘ punziert, sondern als ‚Stalker‘ bezeichnet.

Vielleicht ist es auch nicht klug, dass ich nun wenige Tage vor Weihnachten hier sitze und meinen Abschiedsbrief mit dem Titel „Bevor ich euch lästig werde" schreibe. Aber Augenblicke wie der jetzige werden nicht von Klugheit getragen, sondern von Gefühlen. Und diese brauchen ein Ventil! Sie brauchen ein Gegenüber, auf dessen Seele sie sich gleich Wasserdampf auf einer kalten Fensterscheibe kondensierend niederschlagen, um sich zu immer größeren Tropfen zu sammeln, die sich schließlich in kleinen Wasserläufen unbeirrbar nach unten in Bewegung setzen. Ja, bewegen. Gefühle bewegen, sollen bewegen!

Was wird mein Sohn Wolfgang sich wohl denken, wenn er diesen Brief liest? Wird dieser ihn bewegen? Oder wird er nicht wie öfters schon überheblich und besserwisserisch sagen: ‚Papa, was du da tatest, war nicht klug!' Oder wird er, wie es seine Art ist, den Brief gar nicht lesen. Ich meine wirklich lesen – nachdenklich, emphatisch, mit dem Versuch des Verstehens? Wird er wohl nicht. Als Arzt ist er abgehärtet, erlebt tagtäglich Menschen in höchster Not und nimmt deren Tod als das, was er ja tatsächlich auch ist: als das Natürlichste der Welt.

Soll ich in meinem Brief nun all meine Bitterkeit über den Gang der Welt – auch über ihn und sein Verhalten – quasi als Endabrechnung ohne Reklamationsmöglichkeit hineinpacken? Das wäre zu einseitig und würde die positiven Entwicklungen der letzten Wochen nicht angemessen honorieren. Aber soll man nur diese werten? Ende gut, alles gut? Würden Sie das, liebe Leserin, lieber Leser?

Ich will es nicht. Lassen Sie mich also Ihnen die letzten Monate meines Lebens erzählen. Machen Sie sich selbst ein Bild, wie oft ich – in vielfach ganz anderer Art als von den Initiatorinnen der #MeToo-Bewegung thematisiert – mein #MeToo, MEIN ICH-AUCH, erleben musste.

Kap_2 Amalie

Es war ein schon ungewöhnlich heißer Frühsommertags-Morgen. Meine Frau Amalie lag neben mir im Ehebett. Beide waren wir nur mit einem großen dünnen Bettlaken bedeckt – darunter splitterfasernackt. Nicht, was Sie sich jetzt wahrscheinlich denken. Amalie war so wie ich bereits von der Generation 70 plus. Sex, richtigen Sex gab es nur mehr sehr selten. Aus meiner Sicht – #MeToo – zu selten. Aber bekanntlich gehören zum Sex (mindestens) zwei, sieht man von dem – bei weitem nicht so befriedigenden – einsamen Sex in Form von Masturbation ab.

Was es noch immer gab, vielleicht sogar mehr als früher, war intensiver Hautkontakt. Natürlich entstand dabei nicht mehr jenes lustvolle Prickeln der ersten zarten Hautkontakte, wie wir es beide in unserer Jugend verspürt hatten, als sich unsere Hände zuerst zufällig, dann gespielt zufällig, schließlich ganz und gar nicht mehr zufällig trafen und umfassten. Ganz zu schweigen von den Hautkontakten in jenen Regionen, die man die intimsten nennt. Aber auch ohne dieses Prickeln war der innige Hautkontakt wunderschön: Er brachte Nähe, Wärme, Zusammengehörigkeit.

Ich betrachtete die mir so vertraute Frau nachdenklich. Wie hatte sie sich in all den Jahrzehnten des gemeinsamen Lebens verändert. Durch das Objektiv eines Fotoapparates gesehen, also objektiv, sehr.

Viele Falten, ein Goderl, Brüste, denen man die Schwere der Jahre im ursprünglichsten Sinn des Wortes ansieht. Dicke Beine, die langes Stehen, ja selbst Gehen durch den Lymphstau oft zur Qual machen. Der Bewegungsmangel führte wiederum zu Übergewicht und noch mehr Lymphstau. Ein Teufelskreis, der zu einer ungesunden Rundlichkeit geführt hatte. Aber nicht nur bei ihr, sondern bei sehr vielen Frauen ihres Alters.

Manchmal erkannte sich Amalie auf alten Bildern selber kaum mehr. Mir ging es nicht anders. Subjektiv gesehen hatte Amalie sich aber für mich so langsam verändert, dass mein Gehirn das gespeicherte Bild sukzessive adaptiert hatte. So gesehen war Amalie nach wie vor die, um die ich vor Jahrzehnten mit großer Hartnäckigkeit, ja Lästigkeit geworben und deren Bild sich im Laufe der Jahrzehnte in meine Erinnerung eingebrannt hatte.

Damals wurde – ich verallgemeinere hoffentlich nicht zu sehr – das hartnäckige ‚Anbraten‘ von den jungen Mädchen und Frauen noch nicht als sexuelle Belästigung empfunden und gebrandmarkt. Junge Mädchen, denen man auf der Straße nachpfiff oder die man in der Schule oder am Arbeitsplatz bewusst unübersehbar mit Blicken verschlang, fühlten sich begehrt und genossen dieses Begehrt-Werden. Harmlose Witze wurden als harmlose Witze gewertet, mit denen man vorab gegenseitig abtestete, wie man zu Sex&Co steht. Blondinen konnten über Blondinen-Witze lachen, Männer über männerfeindliche Anzüglichkeiten.

Und heute? Heute hat es eine kleine Gilde von verklemmten Weltverbesserern geschafft, dass solche harmlosen Verhaltensweisen als Unziemlichkeiten, als sexistische Herabwürdigungen gelten, für die man seinen Arbeitsplatz verlieren oder sogar vor Gericht stehen kann. Weit haben wir es gebracht!

Verstehen Sie mich bitte nicht falsch, liebe Leserin und lieber Leser. Wirkliche Übergriffe gehören unter Strafandrohung verhindert. Der unvermittelte Griff an den Busen oder Po einer wildfremden Frau in der U-Bahn ist, wie schon das Wort impliziert, ein Über-Griff. Leider hat aber die Gilde der selbsternannten Sittenwächterinnen und Sittenwächter die Grenzen des Anstands und der Sittlichkeit ins Absurde verschoben, mimt in Missachtung unleugbarer biologischer und anthropologischer Gegebenheiten humanistische Rechtlichkeit und Fortschrittlichkeit, katapultiert damit die Gesellschaft aber in eine Vergangenheit zurück, in welcher der Walzertanz als unsittlich eng galt und verboten war.

Jawohl: Nein muss Nein heißen. Aber Nein-Sagen kann man nur zu etwas, was einem mehr oder weniger konkret angeboten oder von einem direkt verlangt wird. Nicht schon generell vorher! Kennenlernen-Wollen bedeutet Offenheit für mögliche Grenzüberschreitungen des körperlichen Abstands und des moralischen Anstands.

11

Ich etwa habe Amalie damals natürlich nicht vorher um Erlaubnis gefragt, als ich beim Tanzen meine Hand von ihrem Rücken immer tiefer bis zum Po rutschen ließ, um Amalie dann dort so fest an mich zu drücken, dass ihr die Kraft meiner aufgeheizten Männlichkeit nicht verborgen bleiben konnte. Sie schmunzelte nur sphinxhaft und gab dennoch – oder vielleicht genau deswegen? – meiner Aufforderung zu einem weiteren Tanz keinen Korb.

Vielleicht werde ich sehr bald nur mehr solche innigsten Erinnerungen an meine Amalie besitzen, sagte ich mir bitter. Denn in wenigen Minuten werden wir aufstehen müssen, um rechtzeitig ins Spital zu kommen, wo Amalie eine schwere Unterleibsoperation erwartet. Mit Krebs ist nicht zu spaßen!

Früher hatte ich noch unbedacht gewitzelt, wenn jemand das englische Wort cancer für Krebs verwendete, indem ich cancer zu cancel mutieren ließ, zum englischen Wort für annullieren. Und nun stand auch hier die Möglichkeit im Raum, dass das Leben meiner Amalie demnächst annulliert werden könnte. Schwer auszudenken, schwer zu ertragen – aber durchaus realistisch!

Was wohl Amalie gerade denkt? Ob auch ihr die gleichen Gedanken durch den Kopf gehen?

Bevor ich nachfragen konnte, befreite sich Amalie aus unserer Umschlingung und wurde ihrem aus dem Arabischen abgeleiteten Namen als die Tapfere, die Tüchtige, die Hoffnungsfrohe gerecht.

Wortlos zog sie sich nach einer kurzen kalten Dusche an und verschwand in der Küche, um die Henkersmahlzeit zuzubereiten. Vielleicht ist die Bezeichnung Henkersmahlzeit für eine Tasse Tee samt einem Stück Toastbrot mit Butter und Honig angesichts der Kargheit unpassend. Nach Meinung der Ärzte war selbst so ein karges Frühstück vor einer Operation zuviel. Aber Amalie weigerte sich, völlig auf ihre Henkersmahlzeit zu verzichten. „So wenig kann wohl nicht schaden", sagte sie. „Basta!"

Und so saßen wir Minuten später wie tausende Male davor in gelebter Zweisamkeit beim gemeinsamen Frühstück. Diesmal aber wortlos. Was sollten wir auch sagen? Wir wussten beide, worum es ging und hingen den düsteren Gedanken nach.

Kap_3 Im Spital

Eine knappe Stunde später erreichten wir mit der U-Bahn das Krankenhaus, wo wir bereits erwartet wurden. Die Stationsschwester schüttelte uns freundlich die Hand und bat uns zum Pult.

„Haben Sie alle Befunde abgegeben? Oder haben Sie noch irgendwelche anderen mit?", fragte sie meine Frau.

„Nein, es gibt nichts Neues. Sie haben alles hier. Beim letzten Gespräch hat die Oberärztin bereits alles kontrolliert und in meinen Akt eingescannt."

„Sind Sie nüchtern?", fragte die Stationsschwester.

„Wenn Sie meinen, ob ich auf meinen gewohnten morgendlichen Slibowitz verzichtet habe, dann ja", konnte sich Amalie nicht eines gewissen Galgenhumors enthalten, um dann ausweichend, ohne zu lügen, zu antworten: „Aber ja, ich habe die Anweisungen der Narkoseärztin berücksichtigt."

„Gut so. Als zu verständigende Angehörige habe ich hier Ihren Mann Werner Fuchs stehen", las die Stationsschwester vor, wobei sie mich mit einem kurzen Seitenblick taxierte, „sowie Ihren Sohn Dr. Wolfgang Fuchs. Stimmt das?"

„Stimmt."

„Oh, ein Doktor. Ist Ihr Sohn vielleicht auch Arzt?", bohrte die Stationsschwester nach.

„Ja – allerdings ist er selbständig. Er praktiziert als Allgemeinmediziner."

„Sehr gut. Endlich ein kompetenter Ansprechpartner. Gibt es sonst noch Kinder oder jemanden, den wir benachrichtigen oder im Fall des Falles fragen sollen?"

„Nein", war die knappe Antwort meiner Frau, die auf die ungeschickte Wortwahl ‚endlich' und ‚im Fall des Falles' sowie auf den unübersehbar abschätzigen, vielleicht sogar vorwurfsvollen Blick der Schwester bei der Frage nach weiteren Kindern bewusst nicht einging. Sie war jetzt wirklich nicht

14

in der Stimmung über den Sinn und Zweck des Lebens zu diskutieren oder gar zu streiten.

Ein zweites Kind hatten wir nicht bekommen, weil ja für meine – nomen est omen – ‚tüchtige‘ Amalie Beruf und Geld wichtiger waren als ein weiteres Kind. Sie hatte einmal ausprobiert, wie es ist, die biologische Funktion und die soziale Rolle als Mutter auszufüllen. Dabei war sie zu dem Schluss gekommen, dass sie keiner weiteren Kinder bedürfe. Der recht gut bezahlte Beruf war weniger anstrengend, weniger frustrierend, brachte mehr soziale Anerkennung und mehr Geld, im Moment und später in der Pension.

Das müsse man – gemeint war natürlich nicht ‚man‘, sondern ich – doch verstehen, sagte sie. Widerspruch wäre zwecklos gewesen. Und so verstand ich es eben. Sowohl als Staatsbürger, weil die Gesetze ja tatsächlich Mütter krass benachteiligen, als auch als folgsamer Ehemann. Dabei hätte ich durchaus einem zweiten Kind, insbesondere einer kleinen Tochter, viel abgewinnen können.

Die Stationsschwester riss mich abrupt aus meinen Erinnerungen, als sie uns bat, ihr in das vorgesehene Zimmer zu folgen.

Es war ein in freundlichen Orange- und Ockertönen ausgemaltes Dreibettzimmer mit bunten Vorhängen, das allein durch seine Farben Frohsinn und Gelassenheit ausstrahlen sollte. Das hätte wohl auch trotz des unerfreulichen Anlasses wie gewünscht funktioniert, hätten dort nicht schon am Nachtkästchen eine Beruhigungspille und das auf dem Bett liegende Operations-Nachthemd auf meine Frau gewartet.

Als Amalie anfing sich zu entkleiden, um sich im Bad vorsorglich mit Octenisept-Shampoo zu waschen, besser: zu desinfizieren, verließ ich den Raum und setzte ich mich auf eine der Sitzbänke neben dem Schwesternpult. Dort wurde ich sogleich wieder von düsteren Gedanken gequält. Die Befunde verhießen ja schließlich nichts Gutes.

Nur Minuten später wurde Amalie in der sprichwörtlichen PERSIL-Frische von einem Pfleger in ihrem Bett an mir vorbei Richtung Aufzug geschoben. Hastig war ich aufgestanden und hatte ihr noch schnell mit einem festen Händedruck und einem zarten Kuss alles Gute gewünscht.

Kap_4 Banges Warten

Kaum war Amalie im Lift verschwunden, sank ich, wie nach einem langen Arbeitstag ermattet, auf die Holzbank. Deren unbequeme Härte ließ mich wie auf einer Anklagebank sitzend fühlen. Damit nicht genug: Starrten mich nicht alle Vorübergehenden an? Aus Mitleid, aus Neugier, oder einfach nur deswegen, weil sie ja doch irgendwohin sehen mussten? Sahen sie mir an, welch düstere Gedanken sich unter dem schon schütteren Haarwuchs verbargen? Wohl kaum! Niemand fragte mich, niemand zeigte besonderes Interesse an mir und meinen Problemen. Warum auch? Sie hatten ihre eigenen, mit denen sie an diesem Ort wohl ebenso wie ich mehr als ausgelastet waren.

Ich blickte auf die Uhr, die im kühlen Bahnhofsdesign meiner verbleibenden Lebenszeit gnadenlos Minute um Minute abzwackte. Nach 10 Minuten hielt ich es nicht mehr aus und ging zur Stationsschwester.

„Schwester, wie lange wird die Operation wohl dauern?"

„Die hat noch nicht einmal begonnen. Sie sollten nicht hier sitzen und dauernd auf die Uhr starren. Das hilft Ihnen und Ihrer Frau in keiner Weise. Gehen Sie einen Kaffee trinken, oder besser doch einen Beruhigungstee. Ich kann Ihre Unruhe verstehen, aber so machen Sie die Situation auch nicht besser. Also: Fahren Sie hinunter ins Erdgeschoß. Dort ist eine Cafeteria."

Unschlüssig sah ich die Stationsschwester an.

„Na gehen Sie schon", forderte sie mit eindringlicher Stimme.

Die will mich nur loswerden, dachte ich ein wenig wütend. Meine Unruhe ist ihr zuwider, ja steckt sie vielleicht an. Glaubt sie wirklich, dass ich nun gemütlich Kaffee trinken und womöglich noch dabei die Tageszeitung lesen könne? Nein! Das kann ich nicht!

„Das ist sicher ein Vorschlag, den viele andere schon angenommen haben und annehmen werden. Aber ich kann das nicht. Ich möchte hier warten. Das bin ich meinem Namen schuldig."

„Was soll das heißen ‚meinem Namen schuldig'?", fragte die Stationsschwester überrascht und strich sich ein widerborstiges Haarbüschel aus dem Gesicht.

„Das soll heißen, dass Werner eben ‚Warner', ‚Verteidiger' bedeutet. Ich halte hier die Stellung, bis die Entwarnung von Ihrer Seite kommt. Bis ich weiß, dass alles gut gegangen ist."

„Das kann aber lange dauern."

„Wieso? Meiner Frau hat man gesagt, dass die Operation rund zwei Stunden dauern wird."

„Mag sein. Aber hat man ihr auch gesagt, dass Notfälle vorgezogen werden? Dass ihre Operation vielleicht erst in einigen Stunden beginnt? Nein? Dann wissen Sie es jetzt!"

Ich sah die Schwester unschlüssig an, worauf diese fortfuhr.

„Daher nochmals mein Vorschlag: Gehen Sie in die Cafeteria, oder noch besser, fahren Sie nach Hause und lenken Sie sich dort ab. Hier können Sie nicht helfen. Ihre Frau ist in guten, was sage ich, in den besten Händen. Wir benachrichtigen Sie verlässlich, wenn alles vorbei ist."

Das klang ja ganz gut, sagte ich mir. Aber nein. Was konnte ich zu Hause tun, was ich hier nicht konnte? Dort wie da würde ich ja doch nur tonnenschwere Gedanken wälzen.

„Nein – ich bleibe. Alles andere käme mir als Im-Stichlassen, als Verrat vor."

„Wie Sie wollen. Aber gehen Sie mir und dem anderen Personal nicht im Weg herum oder gar mit andauernder Fragerei auf die Nerven. So etwas kommt leider immer wieder vor. Ersparen Sie bitte sich und uns den Ärger!"

Ich ging also wieder zur Bank zurück und setzte mich. Wieder vergingen 10 Minuten. Jetzt müsste Amalie eigentlich schon eingeschläfert worden sein – na ja, nicht so, wie man das manchmal meint. Ob man ihr diesmal die besseren Narkosemittel gegeben hatte? Die, auf die man nicht beim Erwachen erbricht? Ach so, die kosten mehr. Die gibt es dann natürlich nur für die Privatpatienten, zu denen Amalie aber nicht zählt.

„Schwester, noch eine Frage", meldete ich mich diesmal gleich von der Bank, damit sie sich am Pult nicht wieder bedrängt fühlte. „Welches Narkotikum wird eigentlich verwendet? Meine Frau ist sehr empfindlich und hat bisher immer im Aufwachraum erbrochen."

Die Stationsschwester reagierte nicht.

„Schwester! Ich habe Sie gefragt, ob Sie wissen, welches Narkotikum meine Frau bekommt. Wird sie intubiert? Wissen die Ärzte, dass sie – wie in unserem Alter üblich – lockere Zähne hat, mit denen es zu Problemen kommen kann?"

Die Stationsschwester blickte nicht einmal vom Akt hoch, wo sie irgendwelche Eintragungen vornahm.

„Schwester!", sagte ich mit nun sehr viel lauterer Stimme und erhob mich demonstrativ von der Bank. „Vielleicht haben Sie mich nicht gehört. Ich fragte Sie gerade, womit meine Frau narkotisiert wird, ob sie intubiert wird und ob man Bescheid weiß über ihre Zahnprobleme."

Diesmal blickte die Stationsschwester auf. Aber ihr Blick verhieß nichts Gutes. „Ich bin nicht taub und habe Sie daher sehr gut gehört. Sie brauchen nicht zu schreien. Ich habe Ihnen aber auch gesagt, dass wir hier Arbeit haben und dass Sie uns dabei nicht stören, ja nerven sollen, während Sie hier warten. Bitte halten Sie sich daran und werden Sie nicht lästig!"

„Aber das mit den Zähnen ist doch wichtig", versuchte ich argumentativ zu widersprechen.

„Eben, und deswegen ist all das, von den Zähnen bis zum Erbrechen, wohl in der Vorbesprechung mit der Anästhesistin geklärt worden. Jetzt wäre es sowieso zu spät."

„Wäre es nicht", widersprach ich mit einer sogar für mich, den Belästiger, unüblichen Widerborstigkeit und Vehemenz, die wohl der nervlichen Ausnahmesituation geschuldet war. „Denn immerhin könnten Sie ja die Freundlichkeit haben, den Telefonhörer zu nehmen und diese Information an das Operationsteam weiterleiten."

„Und wenn ich diese Freundlichkeit nicht habe?", kam es ähnlich widerborstig zurück. „Was dann?"

„Dann, dann, … dann würde ich mich beschweren, nein, noch besser, dann würde ich es eben selber tun. Einen Telefonhörer abzuheben und mich von der Vermittlung mit dem Operationssaal verbinden zu lassen, kann ja wohl nicht so schwer sein."

„Das würde ich Ihnen nicht raten."

„Und wie wollen Sie das verhindern?"

„Das werde ich Ihnen gleich zeigen."

Die Stationsschwester griff zum Diensthandy und wählte eine Nummer. Nach kurzer Zeit flüsterte sie einige Worte in das Mikrofon.

Na also, dachte ich zufrieden. Man muss nur ein wenig heftig werden und lästig sein, dann tun die Leute doch das, was man von ihnen will. Doch diesmal hatte ich mich getäuscht, gewaltig getäuscht.

Wenig später stand ein etwa 30-jähriger uniformierter Hüne vor mir, an dessen Seite unübersehbar ein

Schlagstock und am Gürtel Handschellen baumelten.

„Ist er das?", fragte er in Richtung der Stationsschwester.

„Ja", war die knappe Antwort.

Daraufhin hakte sich der Hüne bei mir ein und bat mich mit unwiderstehlicher, körperbetonter Höflichkeit, mit ihm gemeinsam den Ort meines Disputes mit der Stationsschwester zu verlassen.

Am Ausgang des Krankenhauses gab er mir noch einen sanften Schubs und sagte: „Opa, geh heim und komm erst wieder, wenn du weißt, wie man sich in einem Krankenhaus benimmt."

Kap_5 Im Park

Ich ging aber nicht wie geheißen nach Hause. Was sollte ich dort? Das Frühstücksgeschirr in den Geschirrspüler räumen? Nicht nötig! Amalie hatte wie üblich alles picobello hinterlassen. Das war ihre Art. Daran konnte auch ein Anlass wie dieser nichts ändern.

Zudem würde ich dort wie im sprichwörtlichen Raubtierkäfig auf- und ablaufen, keine Luft bekommen. Luft, ja, frische Luft war jetzt das Wichtigste.

Ich lenkte daher meine Schritte in den Park vor dem Krankenhaus und ließ mich auf einer der Bänke nieder. Obgleich auch diese eine harte Holzbank war, fühlte ich mich nun nicht mehr wie auf der Anklagebank. Vielleicht weil ich nicht in einem engen Raum war, in dem jemand anders – sei es der Wärter oder die Stationsschwester – das uneingeschränkte Sagen hat? Oder war es der strahlend blaue Himmel, in dessen unendlichen Weiten einige wenige weiße Wölkchen wie Schafe auf der Weide friedlich dösten? Anders als hinter den Mauern des Krankenhauses herrschte hier nicht geschäftige Betriebsamkeit, sondern Ruhe und Frieden.

Ich ließ meinen Blick schweifen.

In der Sandkiste spielten zwei Kinder friedlich miteinander, ohne das oft nervenaufreibende Geschrei und Gezänk. Der kleine Bub half dem offensichtlich etwas jüngeren Mädchen beim Backen von Sandkuchen, indem er vom nahen Trinkbrunnen immer wieder Wasser zum Anrühren des Sandbreis herbeischaffte. Mein Wolfgang hatte das auch oft gemacht. Wo ist nur die Zeit geblieben?

Auf der dort nächstgelegenen Bank saß eine alte Frau, wohl die Oma. Denn immer wieder sprach sie kurz mit den beiden Kindern. Ob aufmunternd oder ermahnend, konnte ich wegen der großen Entfernung nicht hören.

Was sage ich: alte Frau? Ja damals, als ich mit dem kleinen Wolfgang als junger Vater bei der Sandkiste saß, erschienen mir die Omis alle alt, sogar oft steinalt.

Und jetzt? Jetzt sitze ich hier als alter Mann. Leider nicht als Opa. Wolfgang hat Amalie und mich bisher nicht zu Großeltern gemacht. Und wird es wohl auch nicht mehr. Seine Ordination und die vielen Weltreisen sind ihm wichtiger. Nicht einmal für eine feste Beziehung hatte er bisher Zeit – und vielleicht auch keine Lust. Bislang hat er uns jedenfalls keine Frau diesbezüglich vorgestellt. Und gäbe es nicht recht verfängliche Fotos von Urlaubsbekanntschaften, so hätten Amalie und ich allen Grund gehabt, bei ihm eine andere sexuelle Orientierung zu vermuten.

Ich betrachtete die Omi gegenüber genauer. Ihre weißen, ungefärbten Haare bezeugten, dass sie zu ihrem Alter stand. Dass sie sich nicht durch Bemerkungen wie ‚Friedhofs-Blond' provozieren ließ. Übrigens anders als Amalie. Diese hatte, obgleich sie von Natur aus wunderschöne kastanienbraune Haare hatte, die mit ihren brauen Augen wunderbar harmonierten, ihre Haare immer wieder auf blond gefärbt. In der Arbeit muss ich adrett sein und zum Team passen, hatte sie meiner sanften Kritik standhaft getrotzt.

In der rundlichen Statur waren sich die mir fremde Frau und Amalie ähnlich. Aber werden nicht fast alle Frauen im Matronenalter rundlich – bis auf jene, die sich sprichwörtlich zu Tode hungern?

Was hat diese Frau wohl für eine Lebensgeschichte hinter sich gebracht, fragte ich mich? Hatte oder hat sie auch jene Probleme, an denen ich jetzt kiefle?

Während mein Geist noch der Frage nachhing, hatte sich mein Körper schon auf den Weg zu dieser fremden Frau gemacht. Welcher Teufel ritt mich da gerade? Wer oder was trieb mich dazu?

Teils wohl meine Neugier. Wohl mehr noch meine Unruhe: Ich konnte nicht nur herumsitzen und warten, bis mich das Spital anruft. Ich brauche Ablenkung. Mehr noch: Zuspruch. Jene Zuwendung, die mir in meiner vor Sorge, ja Angst geprägten Situation so fehlt und von meinem geschäftigen Sohn oder der Stationsschwester nicht geboten wird.

Kap_6 Eine neue Bekanntschaft

„Schönen guten Tag, liebe Frau", sprach ich die Oma an, die mich überrascht musterte.

„Bitte sehen Sie es nicht als Belästigung an, wenn ich von meinem Sitzplatz da drüben einfach so mir nichts dir nichts zu ihnen herüberkomme. Wissen Sie, die Situation erinnert mich an jene Zeit, als mein Sohn Wolfgang ähnlich wie jetzt die beiden Kinder in der Sandkiste spielte. Ich musste damals als junger Vater meist abseits neben den jungen Müttern sitzen, obgleich auch ich gerne mit diesen geplaudert hätte. Ich fühlte mich damals sehr einsam. Daher dachte ich, dass es Ihnen hier und jetzt vielleicht ähnlich geht. So entschloss ich mich, ohne viel nachzudenken, herüberzukommen."

Als die Omi nicht gleich antwortete, nahm ich mir ein Herz und fragte direkt: „Würden Sie es als Belästigung empfinden, wenn ich mich hier zu Ihnen setze?"

„Es ist schön, dass Sie so artig fragen", antwortete die alte Frau mit einem aparten Schmunzeln. „In meiner Jugend haben die Verehrer nicht gefragt, sondern sich einfach unverschämt nahe neben mich gesetzt. Aber setzen Sie sich doch! Auf der Bank ist Platz genug!"

„Vielen Dank", antwortete ich und ließ mich in höflicher Distanz nieder. „Ich hoffe, der Abstand passt, um nicht auch als zudringlicher Verehrer zu gelten."

„Und wenn schon", antwortete die alte Frau mit einem schelmischen Lachen. „Ich komme als Witwe nicht ins Gerede, Sie vielleicht schon. Oder interpretiere ich den Ring an ihrer Hand falsch?"

„Nein. Diesen Ring trage ich schon sehr lange und gern. Aber das heißt ja wohl nicht, dass man mit keiner anderen Frau reden darf, oder?"

„Da haben Sie Recht. Auch mir geht das Reden ab, insbesondere mit netten Männern. Im Altersheim gibt es nur wenige Männer – und die sind meist griesgrämig und uninteressant. Deswegen bin ich gar nicht unglücklich darüber, dass Sie sich ein

Herz genommen haben und herüberkamen. Und hätten Sie nicht einen ordentlichen, ja netten Eindruck auf mich gemacht, hätte ich Sie sicherlich nicht hier Platz nehmen lassen."

„Vielen Dank für die Vorschusslorbeeren. Ich werde mich dessen eingedenk bemühen, weiterhin nett, ordentlich und als Verehrer ganz brav und anständig zu sein", konnte ich mir eine anzügliche Antwort nicht verkneifen.

„Was machen Sie hier im Park? Ich bin jeden Dienstagvormittag mit meinen beiden Enkeln hier, habe Sie aber noch nie gesehen", versuchte die Omi das Thema auf eine weniger anzügliche Ebene zu lenken.

„Meine Frau wird gerade jetzt operiert. Ich hielt es drinnen im Spital nicht mehr aus. Ich brauchte dringend frische Luft!" Das war zwar nicht die volle Wahrheit, aber auch nicht ganz gelogen. Warum sollte ich ihr auch von meinem Rauswurf erzählen?

„Und so war es naheliegend", fuhr ich fort, „hier in den Park zu gehen. Um mich von meinen düsteren Gedanken abzulenken, sah ich den beiden Kleinen beim Spielen zu, womit schließlich auch Sie ins Bild kamen. Im Übrigen finde ich es schön, mit welchem Stolz und mit welcher Würde Sie Ihre weißen Haare tragen."

„Ach, Sie Schmeichler", versuchte die alte Frau das Kompliment abzutun, obgleich man ihr ansah, dass es sie erfreut hatte. „In Wahrheit bin und war ich es mein ganzes Leben leid, meine sowieso geringen Geldmittel dem Friseur für Färben in den Rachen zu werfen – abgesehen von den gesundheitlichen Risiken, die all die Chemie für mich und die Umwelt in sich birgt."

„Das Problem habe ich – soll ich jetzt leider oder Gott sei Dank sagen – nicht mehr", antwortete ich, wobei ich auf die von mir euphemistisch als schüttere Haarpracht bezeichnete Fast-Glatze griff.

„Ach das", versuchte mich die Omi mit unüberhörbar neckendem Unterton zu trösten, „ist nur ein Indiz, dass Sie einen hohen Testosteron-Spiegel haben", um nach einer kurzen Kunstpause mit besonderer Betonung schelmisch zu ergänzen, „oder hatten!"

„Hallo. Ich stehe noch immer meinen Mann", stieg ich gespielt erbost auf das frivole Spiel ein.

„Na dann kommen Sie uns einmal im Altersheim besuchen. Dort gibt es jede Menge Frauen, die das gerne testen würden", setzte die Omi das Spiel fort.

„Sie auch?", war meine unverblümte Frage. Aber die Frage war zu plump, zu unverblümt, ja unverschämt. Das schelmische Lächeln um den Mund und in den Augen der Omi erlosch. Ich war im Spiel zu weit gegangen.

„Entschuldigen Sie. Ich habe das Spiel zu weit getrieben. Bevor Sie unser Gespräch als Belästigung empfinden, will ich es lieber beenden. Es war mir dennoch ein Vergnügen. Vielleicht sieht man sich einmal wieder."

„Ja, vielleicht", war die knappe, aber nicht unfreundliche Antwort.

Die alte Frau und ich konnten noch nicht wissen, dass aus dem vielleicht schon sehr bald ein gewiss werden würde.

Kap_7 Einsamer Abschied

Nach dem netten Gespräch mit der Omi drehte ich im Park eine Runde nach der anderen. Immer wieder blickte ich auf mein Handy. Noch immer keine Nachricht! Das gibt es doch nicht! Solange kann die Operation doch nicht dauern!

Endlich klingelte das Handy. Es war aber nicht das Spital, sondern Wolfgang, der mich gleich verärgert rügte: „Wo steckst du denn, Papa? Und was treibst du im Spital für Sachen, dass man dich rauswerfen muss. Deswegen hat die Stationsschwester nicht dich, sondern mich verständigt. Und das mitten in einer dringenden Besprechung mit einem wichtigen Privatpatienten."

„Und – ist alles gut gegangen?", ging ich auf seine Vorwürfe und haltlose Kritik erst gar nicht ein. Wie unwichtig waren sie zu dem, was hier für Amalie am Spiel stand.

„Leider nein. Mama ist ihnen am OP-Tisch wegge-
storben."

Ich konnte es kaum glauben, mit welcher seelenlo-
sen Nüchternheit Wolfgang den Tod seiner Mutter
übermittelte. Er schien in keiner Weise betroffen,
geschweige berührt oder gar gerührt. Für ihn war es
offenbar business as usual. Seine weiteren Worte
bestätigten das nur noch mehr.

„Ich habe mit meinen Kollegen gesprochen. Sie
sagten, der Krebs war so fortgeschritten, dass so
und so nichts mehr zu machen gewesen wäre. Mama kann froh sein, dort eingeschlafen und friedlich
verstorben zu sein. Sie hat sich – und uns – viel
Leid erspart!"

Ich konnte es immer weniger fassen. Ja, nüchtern
betrachtet hatte er wahrscheinlich Recht. Dennoch
störte mich der Einschub ‚und uns' enorm. Welches
seelenlose Monster hatten Amalie und ich da großgezogen?

Unfähig diese meine Enttäuschung über meinen
Sohn in Worte zu kleiden, fragte ich nur knapp:
„Können wir uns von ihr verabschieden?"

„Können wir, jedenfalls du. Ich habe noch zu tun.
Mein Wartezimmer ist voll. Ich komme dann später
nach."

Wenig später führte die Stationsschwester mich in
den Raum, wo Amalie zur Verabschiedung kurz
aufgebahrt worden war.

„Bitte machen Sie es kurz", ermahnte mich die Stationsschwester. „Ihre Frau kommt gleich danach auf die Pathologie."

„Aber mein Sohn will auch noch kommen", entgegnete ich.

„Dann muss er sich beeilen", war die schroffe Antwort. Vielleicht ist sie noch immer über meine vermeintliche Lästigkeit verärgert, dachte ich mir. Vielleicht ist sie aber durch lange Jahre im Spitalsdienst ähnlich abgebrüht wie mein Sohn und wirkt deshalb herzlos.

Wie gewünscht hielt ich meine Verabschiedung kurz. Ein letzter Kuss auf die blassen Lippen, ein letztes Streicheln der schon bleich werdenden Haut. Dann erhob ich mich und schritt mit bleischweren Füßen hinaus in ein neues Leben ohne Amalie.

Kap_8 Was nun?

Ich weiß nicht mehr, wann ich schließlich wieder in unserer Wohnung ankam. Es war auch egal. Niemand wartete dort auf mich.

Unfähig klar zu denken, setzte ich mich in meinen Schaukelstuhl und begann zu schaukel. Vor und zurück, vor und zurück. Ein Auf und Ab in einem fort. Bald hatte ich den Rhythmus des Schaukelns mit meinem Herzschlag synchronisiert.

So also ist das Leben, dachte ich: Mit jedem Herzschlag geht es vor und zurück, letztlich bleibt man aber immer am gleichen Ort. Wozu also das Streben immer nach vorn und hinauf, wenn man doch immer wieder zurück und hinab muss? Wozu das Streben, ja die Gier nach mehr und immer mehr, obwohl man sich nichts mitnehmen kann, einem nichts bleibt.

Was bleibt mir von Amalie? Die Wohnung, die wir uns gemeinsam als unser Heim geschaffen haben? Jetzt ist es nicht mehr unser Heim. Viel zu groß und zu teuer für mich allein. Ihre Kleider, Schuhe, ihr Schmuck? Ich werde alles weggeben. Eher verschenken als verkaufen. Ihre Mitbringsel von vielen Reisen? Schon damals waren es für mich nur teure Staubfänger. Letztlich alles Tand, von dem ich mich trennen werde. Wolfgang will sicher nichts davon behalten. Der hat höchstens Interesse an der Wohnung als Ersatz für seine viel zu kleine und ungünstig gelegene Ordination.

Als hätte Wolfgang geahnt, dass ich gerade an ihn dachte, meldete er sich am Telefon.

„Hallo Papa. Es tut mit leid, dass ich es zu einer gemeinsamen Verabschiedung nicht mehr schaffte. Obwohl mich der Pathologe, weil er mich gut kennt, noch zu einer Verabschiedung von Mama in den Kühlraum eingelassen hätte, verzichtete ich darauf. Das ist nicht ein Ort, wo man würdevoll Abschied nehmen kann."

Bei diesen Worten stieg es mir wieder heiß auf. Verdammt noch mal, zürnte ich innerlich, warum konntest du deine Patienten nicht ausnahmsweise nach Hause schicken? Nicht einmal so viel war dir deine Mutter wert?

„Im Übrigen", fuhr Wolfgang fort, „sollten wir uns den Problemen widmen, die auf uns noch Lebende warten. Ich glaube, dass wir möglichst schnell die nun überflüssigen Sachen der Mama wegschaffen sollten. Man sagt, dass dies mit jedem Tag, den man wartet, emotional schwieriger ist. Ich habe daher schon bei einem befreundeten Altwarenhändler – erinnerst du dich noch an den wunderbaren Barocktisch mit der Edelsteinintarsie als Tischplatte, den ich von ihm kaufte? – …"

Und wie ich mich erinnere, brodelte es in meiner Seele. Ich weiß noch genau, dass Wolfgang Unsummen für so ein lächerliches Stück Inventar ausgab, auf dem man dann nichts tun durfte, um es ja nicht zu beschädigen und in seinem Wert zu mindern.

„… angefragt wegen Räumung und Verwertung der Sachen. Ich hoffe du weißt es zu schätzen, dass ich dir so prompt helfe."

In meiner Seele brodelte es immer heftiger. Wie kann man derart gefühllos und heuchlerisch handeln? Von wegen helfen: In Wahrheit möchte er die Wohnung für sich haben. Also möglichst schnell alles raus, was für mich die Wohnung noch als ge-

meinsame Wohnstätte durch viele Jahrzehnte dokumentiert. Am besten auch gleich meine Sachen.
Denn für mich allein ist die Wohnung sowieso zu
groß und zu teuer.

Als hätte Wolfgang gewusst, was gerade durch meinen Kopf ging, setzte er fort: „Im Übrigen solltest
du, Papa, dir auch überlegen wie es mit dir weiter-
geht. Dass die Wohnung für dich allein zu groß und
zu teuer ist, darin sind wir uns ja wohl einig, oder
nicht?"

„Prinzipiell ja", antwortete ich, „aber gib mir noch
etwas Zeit meine Zukunft zu überdenken."

Kap_9 Die Haushälterin

Am nächsten Tag klingelte es schon in aller Früh an
meiner Wohnungstür. Nach einer ziemlich schlaflo-
sen Nacht schlurfte ich müde zur Tür und öffnete.

Draußen stand eine junge Frau so um die 30, die
mir irgendwie bekannt vorkam, ohne allerdings sagen zu können, woher.

„Guten Tag. Ich heiße Wanda. Ihr Sohn Wolfgang
schickt mich. Da Ihre Frau verstorben ist – übrigens mein tiefstes Beileid – meint er, dass Sie Hilfe
im Haushalt gebrauchen könnten, insbesondere wo
es sich um eine sehr große Wohnung handelt. Kurz:
Er hat mich engagiert, um für Sie einzukaufen, zu
kochen, zu waschen, zu putzen, kurz alles zu tun,

was bisher Amalie tat. Und das alles ist kostenlos für Sie!"

Wirklich alles, schoss es mir unvermittelt durch den Kopf? Auch unter einem dünnen Bettlaken an einem heißen Frühsommermorgen zu kuscheln? Oder vielleicht sogar noch mehr? Und woher nimmt sie die Frechheit, meine verstorbene Frau mit Amalie zu titulieren?

„Das ist nett gedacht, aber ich weiß davon nichts", antwortete ich höflich. „Ich muss das erst mit meinem Sohn klären. Ich werde ihn gleich anrufen."

„Sie werden mich doch wohl jetzt nicht hier einfach am Gang stehen lassen oder gar wegschicken? Für mich ist das eine gut bezahlte Anstellung, auf die ich nur ungern verzichten will und kann. Also lassen Sie mich bitte eintreten und besprechen, was Sie sich von mir erwarten."

„Ich weiß es selbst nicht. Das kommt völlig überraschend. Aber ich will nicht unhöflich sein. Kommen Sie herein und schauen Sie sich um, was hier an Arbeit auf Sie wartet und ob die von meinem Sohn angebotene Bezahlung dem entspricht."

Also machten wir gemeinsam einen kurzen Rundgang durch die Wohnung. Dabei passte ich penibel auf; die Frau konnte ja eine Trickbetrügerin oder Einschleichdiebin sein. Schließlich bot ich ihr einen Platz am Esszimmertisch an, während ich mich in den Schaukelstuhl setzte und Wolfgang anrief:

„Hallo Wolfgang. Hier sitzt eine junge Frau namens Wanda. Sie behauptet, dass du sie geschickt hättest, um mir im Haushalt zur Hand zu gehen. Stimmt das?"

„Ja, das stimmt. Mehr noch. Ich habe ihr gesagt, dass sie dir alle, wirklich alle Wünsche von den Augen ablesen und erfüllen soll, und ich das bezahle. Na, was bin ich für ein Sohn?"

„Einer, der seinen Vater nicht einmal vorher fragt, ob er das will. Ja, zugegeben. Vieles von dem, was nun im Haushalt ansteht, hat Amalie gemacht. Daher kenne ich mich mit der Waschmaschine oder der Bügelmaschine nicht aus. Noch nicht. Denn so schwer kann das nicht sein, dass nicht auch ein alter Lackel wie ich das noch erlernen könnte. Kochen? Ich kann ins Gasthaus gehen. Abstauben und Staubsaugen? Ja, ist für mein Kreuz und insbesondere meine Schultern nicht unbedingt empfehlenswert."

„Also habe ich doch das Richtige getan", fasste Wolfgang selbstgefällig zusammen.

„Jedenfalls war es gut gemeint", ergänzte ich und stimmte zu, dass die Frau täglich einige Stunden kommen sollte, um im Haushalt zu helfen.

An das ‚alle Wünsche von den Augen ablesen' habe ich dabei nicht mehr gedacht, obgleich das bei einem – wie meinte die Omi im Park – testosterongeschwängerten Witwer verständlich wäre.

Dass allerdings hinter all dem ein ganz anderer, fieser Plan steckte, konnte ich damals nicht einmal ahnen.

Kap_10 Ein neuer Alltag

Wie verabredet kam Wanda nun täglich in der Früh, um dann je nach Arbeitserfordernis einige Stunden zu bleiben. Spätestens um 12 Uhr, also vor meinem Mittagessen, ging sie wieder. Sie sagte, dass sie eben nur während der Schulzeit ihrer Kinder arbeiten könne.

Für mich unverständlich machte sie dabei immer wieder Fotos, vor allem im Schlafzimmer, im Bad und in der Küche, wo sich natürlich schmutzige Wäsche und das unabgewaschene Geschirr des Mittag- und Abendessens des Vortages stapelte. Warum hätte ich auch abwaschen sollen, wo ich nun doch eine kostenlose Haushaltshilfe hatte. Überhaupt wurde ich immer bequemer. Amalie hätte mir die Hölle heiß gemacht, wenn ich die Bettdecke nicht zum Lüften zurückgeschlagen hätte, oder mir nicht selbst die Schuhe geputzt hätte. Ich bin deine Frau, deine Geliebte, nicht deine Putzfrau, habe ich nicht einmal gehört. Bei Wolfgang war sie nicht so streng! Das Ergebnis sieht man heute!

Auf die Frage, warum sie solche Fotos schießt, gab Wanda immer die gleiche Antwort. Sie müsste gegenüber ihrem Dienstgeber, meinem Sohn Wolfgang, dokumentieren, was sie hier im Haushalt getan hätte. Das sei für die Bezahlung ihrer Dienste Voraussetzung.

Manchmal irrten meine Gedanken hier ab: Hatte nicht Wolfgang gesagt, dass sie alle, wirklich alle Wünsche mir von den Augen ablesen und erfüllen solle. Meinte er auch die Testosteron gesteuerten?

Aber zu mehr, als sie duzen zu dürfen, kam es nicht bis zu jenem Tag, als meine alte Schulterverletzung wieder virulent geworden war, sodass ich mir schwertat, mich unter der Dusche einzuseifen. Was heißt, ,schwertat': es war mir praktisch unmöglich. Also fragte ich Wanda, ob sie mir dabei behilflich sein könnte.

Anfangs zierte sie sich so, als ob sie noch nie einen nackten Mann gesehen und eingeseift hätte. Sie, die angeblich zwei Kinder im schulpflichtigen Alter hat, von denen ich aber weder die Namen erfahren noch je ein Foto zu sehen bekommen hatte.

Nach einer Nachdenkpause von gut einer Stunde stimmte sie aber doch zu, aber mit Auflagen. Erstens müsse sie sich dann auch nackt ausziehen, um nicht nass zu werden. Eine Schutz- oder Ersatzkleidung hätte sie schließlich nicht mit. Zweitens dürfe ich sie so nicht sehen. Also würde sie immer hinter mir stehen. Und drittens würde sie das filmen, weil sie das meinem Sohn Wolfgang als außertourliche Pflege-Leistung verrechnen wollte.

Und so geschah es denn auch. Als ich nackt in der Brausetasse stand, positionierte sie ihr Handy zwecks Filmaufnahme geeignet auf einem in die Badezimmertür gerückten Stuhl. Dann entkleidete sie sich für mich weitgehend unsichtbar und trat wie vereinbart hinter mich und in die Duschnische.

Auf Grund der dortigen Enge kam es natürlich sofort zu innigstem Körperkontakt, der in meinem sexuell ausgehungerten männlichen Körper sofort Wirkung zeigte. Wanda hatte das wohl auch bemerkt, aber nach einer kurzen Dusche wie vereinbart begonnen mich am Rücken, am Nacken und an den Armen einzuseifen.

Danach wanderten ihre Hände nach vorne zu meiner Brust, dann zu meinem Bauch. Schließlich flüsterte sie mir fast unhörbar ins Ohr: „Soll ich auch tiefer gehen, alles, wirklich alles einseifen?" Ich war zu diesem Zeitpunkt schon längst zu keinem klaren Gedanken mehr fähig und stöhnte nur „Ja, ja, ja".

Auch wenn ich die Situation heute ganz anders sehe, so muss ich gestehen, dass es eine Ausnahmesituation, eine Sternstunde sexueller Lust war, die ich nicht missen will. Wanda war wirklich gut. Sie seifte mich mit einer Hingebung und Geschicklichkeit ein, die ihresgleichen sucht. Schon nach wenigen zarten Handbewegungen erlebte ich einen Höhepunkt, wie ich ihn seit Jahren nicht mehr gehabt hatte. Amalie hätte von Wanda viel lernen können.

Mit viel Wasser wurde die Seife und alle anderen Spuren und Beweisstücke des eben Vorgefallenen beseitigt – bis auf den Film, den ich aber nicht zu sehen bekam. Denn Wanda hatte ja ausbedungen, dass ich sie nicht nackt sehen dürfe. Vielleicht war der Film auch wegen des Dampfes zu undeutlich und als Beweisstück für Wolfgang unbrauchbar.

Leider kam es zu keiner Wiederholung dieser Sternstunde. Konnte es auch nicht. Denn Wanda kam nach diesem Vorfall nicht mehr, nie mehr.

Der Grund dafür blieb mir lange unklar, weil ja alles einvernehmlich passiert war und sie von mir keine weitere, geschweige unerlaubte ‚Belästigung' befürchten musste.

Auch ein Anruf bei Wolfgang brachte keine Klärung. Sie hätte ihr übliches Salär geholt und Geld für irgendwelche Spezialdienste verlangt, was er aber verweigert hätte. Seither hätte sie sich auch nicht mehr bei ihm gemeldet.

Dafür meldete sich seit damals nun Wolfgang dauernd mit guten Ratschlägen. Angesichts der nun fehlenden Haushaltshilfe drängte mich Wolfgang immer vehementer, die für mich viel zu teure und viel zu große Wohnung ihm zu überschreiben. Er könnte sie gut als neue, großzügig umgestaltete Ordination gebrauchen. Immerhin wäre er mein Sohn, den ich als Vater ja wohl gerne unterstütze. Er würde sich im Gegenzug um einen schönen Heimplatz für mich umschauen.

Doch ich wollte nicht! Inzwischen hatte ich gelernt mit der Waschmaschine und dem Bügelautomaten umzugehen, ging in das nahe Gasthaus, wo ich gut essen und zudem nett plaudern konnte. Ich brauchte keine neue Haushaltshilfe – und hätte sie mir auch gar nicht leisten können, schon gar nicht spezielle Extradienste unter der Dusche oder sonst wo.

Irgendwann schien Wolfgang sein Vorhaben, seine neue Ordination in meiner Wohnung einzurichten, aufgegeben zu haben. Doch wie so oft in dieser Zeit hatte ich mich getäuscht.

Kap_11 Patt statt Schachmatt

Eines schönen – im Nachhinein gesehen müsste man sagen: unschönen – Tages händigte der Briefträger mir einen Rückschein-Brief aus. Es handelte sich – welch Euphemismus – um eine ‚Einladung‘ zu Gericht. Der Grund war ein Antrag auf Besachwaltung meiner Person, gestellt von – na, Sie dürfen raten, liebe Leserin und lieber Leser! – meinem Sohn Wolfgang.

Ich war wie vor den Kopf gestoßen. Verstand Wolfgang das unter ‚Du solltest Vater und Mutter ehren‘ und dem Begriff ‚fürsorglich‘?

Zuerst wollte ich in einer kurzen emotionalen Aufwallung Wolfgang anrufen. Aber dann verkniff ich mir diese Idee. Was sollte das bringen? Offensichtlich war nur, was die ganze Sache ihm bringen sollte: nämlich meine schöne, große, für mich viel zu teure Wohnung.

Ich setze mich in meinen Schaukelstuhl und überlegte. Was hatte Wolfgang in der Hand, um mich ganz oder teilweise entmündigen zu können? Ärztliche Atteste über fortgeschrittene Demenz? Nein! Anzeichen für eine Gefährdung fremder Personen? Ich war nie ein Gewalttäter und habe ein untadeliges Leumundszeugnis. Oder gar eine Gefährdung der eigenen Person? Ich hatte bisher nie Suizidgedanken gehabt – geschweige irgendwo geäußert. Lebe ich wie ein Messi und werde so zur Geruchs- und Ungeziefer-Belästigung oder sogar zur gesundheitlichen Gefahr für die Mitbewohner in diesem Haus? Nein! Also was dann? Kann ich mit meinem Geld nicht haushalten und werde so zum Sozialfall für die Allgemeinheit? Nein und nochmals nein!

Nach dieser nüchternen Analyse wurde ich etwas ruhiger. Es ist ein Schuss vor den Bug, um mich umzustimmen. Wenn ich bei Gericht zusage, die für mich viel zu große, viel zu teure und viel zu pflegeintensive Wohnung aufzugeben, wird Wolfgang seinen Antrag zurückziehen. Das ist offenbar sein Plan. Aber nicht mit mir! Ein Werner gibt nie klein bei!

Etwas mehr als vier Wochen später trafen Wolfgang und ich einander bei Gericht. Die Begrüßung war äußerst kühl und entsprach der völligen Funkstille, die zuletzt zwischen uns beiden geherrscht hatte.

Der Richter war ein nur unwesentlich jüngerer Herr als ich, der sich sicher schon in meine Situation hineindenken konnte. Ob das für mich gut oder schlecht ist, war mir natürlich unklar. Einerseits spürt er vielleicht an sich selbst bereits, was ein fortschreitender Verlust an Koordination, Kraft und Denkvermögen bedeutet. Andererseits kann er wohl mitfühlen, was eine Teilentmündigung für eine alte Person wie mich emotional und wirtschaftlich bedeutet.

Zunächst wandte der Richter sich an mich.

„Das ist hier noch keine Verhandlung, sondern eines erstes Kennenlerngespräch. Haben Sie also keine Angst und sprechen Sie ganz natürlich und offen mit mir. Ich möchte mir einen eigenen Eindruck verschaffen, ob die im Antrag genannten Gründe für eine Besachwaltung zutreffen. Alles klar?"

„Ja, Herr Rat."

„Sie haben vor einiger Zeit Ihre Frau verloren?"

„Ja, leider."

„Ihre Frau hat bis dahin Ihren Haushalt geführt?"

„Ja – obgleich ich natürlich mitgeholfen habe, wie es sich in einer ordentlichen Ehe gehört."

„Jetzt führen Sie den Haushalt allein?"

„Ja."

„Wie können Sie das? Immerhin haben Sie vor nicht allzu langer Zeit fremde Hilfe benötigt, um den Haushalt zu führen."

„Ich habe diese nicht benötigt. Mein Sohn hat mir damals ohne mein Zutun eine Hilfe zur Seite gestellt, weil er meinte, dass ich das allein nicht schaffe. Aber seit vielen Wochen beweise ich, dass ich es auch alleine kann."

„Ihr Sohn behauptet, dass das nicht so wäre. Er legte dem Antrag Fotos bei, die zweifelsfrei belegen, dass sich in der Küche das schmutzige Geschirr und im Bad die schmutzige Wäsche türmte, die Betten ungemacht blieben usw. Auch wenn man das auf den Fotos nicht wirklich sieht, liegt es nahe, dass sich auch sonst in der Wohnung Schmutz und Lurch häufen und die Wohnung so zum Herd für mannigfaches Ungeziefer werden kann. Stimmen Sie mir zu?"

„Nein. Die Fotos stammen aus jener Zeit, als ich eine Haushaltshilfe hatte. Nicht mir, sondern dieser Frau müsste man den Vorwurf machen, die Wohnung verkommen zu lassen."

„Nicht ganz. Denn die Fotos wurden immer, wie der Datums- und Zeitstempel belegen, zu Arbeitsbeginn gemacht. Die Verwahrlosung der Wohnung fand also davor statt, zu jener Zeit, wo Sie allein zu Hause waren."

„Nun ja. Würden Sie das Geschirr abends selber abwaschen und die Waschmaschine in Gang setzen, Wäsche bügeln, wenn wenige Stunden später die Putzfrau kommt?"

„Meine Sicht der Dinge steht hier nicht zur Debatte. Jedenfalls stimmt es, dass zumindest zeitweilig die Wohnung in einem Zustand war, den man als partiell verwahrlost bezeichnen kann. Oder?"

„Verwahrlost ist dafür ein sehr übertriebener Begriff, Herr Rat."

„Es wurde berichtet, dass Ihre alte Schulterverletzung zuletzt wieder virulent wurde, sodass Sie sich sogar mit der persönlichen Körperpflege schwertaten. Stimmt das?"

„Ja."

„Wie haben Sie es dann in den letzten Wochen geschafft, Kästen und Luster oben abzustauben oder die Hängekästchen in der Küche zu säubern? Wie haben Sie den Boden aufgewischt, die Fliesen geputzt?"

„Das war nur eine vorübergehende Einschränkung. Inzwischen hat sich meine lädierte Schulter wieder beruhigt."

„Aber es ist nicht ausgeschlossen, dass sich die Schulter wieder schmerzhaft zurückmeldet und Sie daran hindert, selbst die unbedingt notwendigen Haushaltsarbeiten allein zu erledigen."

„Dann muss ich eben für diese Zeit eine Haushaltshilfe engagieren."

„Wissen Sie, wie viel das kostet?"

„Nein, noch nicht. Die letzte Hilfskraft hat dankenswerterweise mein – als Arzt nicht unvermögender – Sohn bezahlt."

Dabei blickte ich dankbar zu Wolfgang, der aber mit versteinertem Gesicht dort saß und nur dem Gespräch lauschte, ohne sich einzumischen.

„Wie steht es um Ihre Finanzen? Angeblich zahlen Sie für die Wohnung eine außerordentlich hohe Miete."

„Nein, das stimmt nicht. Ich zahle keine Miete, weil sich die Wohnung in meinem – übrigens alleinigen – Eigentum befindet. Was ich zahle, sind reine Betriebskosten, die aber angesichts der Größe der Wohnung immens sind."

„Können Sie sich da zusätzlich eine Hilfskraft leisten?", ließ der Richter nicht locker.

„Auf Dauer sicher nicht", erwiderte ich. „Aber ich habe einen Sohn, der mir doch wohl finanziell zur Seite stehen wird, wie er es ja schon tat", ergänzte ich mit einer Stimme, die überzeugt klingen sollte. Sollte, weil ich selbst nicht daran glaubte.

Als der Richter und ich zu Wolfgang blickten, erhielt ich die Bestätigung für meine Skepsis, denn Wolfgang schüttelte verneinend sein Haupt.

„Verzeihen Sie bitte die folgende pietätlose Frage", fuhr der Richter fort, „aber ich muss sie stellen. Denken Sie vielleicht daran, die Wohnung mit einer neuen Partnerin gemeinsam zu bewohnen? Das würde Sie möglicherweise aller Probleme um die Haushaltsführung und die finanziellen Belastungen entheben."

Diese Frage traf mich völlig unvorbereitet. Amalie war erst wenige Wochen unter der Erde, und nun das? Ich versuchte meine Gedanken zu ordnen, wobei mir immer wieder die frivole Omi aus dem Park störend in die Quere kam.

„Ehrlich gesagt habe ich darüber noch nie nachgedacht. Sie haben Recht, dass sich damit viele Probleme von alleine lösen würden – besser: lösen könnten. Umgekehrt könnte man sich aber viele neue Probleme einhandeln, an die man jetzt noch nicht denkt. Kurz: Ich kann Ihnen darauf keine vernünftige, geschweige eine verbindliche Antwort geben."

Während ich das sagte, blickte ich zu Wolfgang. Hatte ich mich getäuscht, dass auch ihn die Frage des Richters völlig überrascht hatte? Hatte er auf diese Variante im Schachspiel um die Wohnung vergessen? Neue Frau, neues Spiel und Schachmatt?

Aber so weit war ich noch nicht. Nicht, dass ich meinte, dass man seiner verstorbenen Partnerin bis zum eigenen Tod treu beliben müsse. Aber der

Loslösungsprozess von einem geliebten Menschen, mit dem man Jahrzehnte aufs Engste verbunden war, braucht seine Zeit. Erst wenn die Wunden verheilt sind, kann man sich neuen Herausforderungen stellen, neuen Menschen öffnen und anvertrauen.

Der Richter unterbrach mich unsanft in meinen Gedankengängen:

„Liebe Familie Fuchs. Ich habe mir inzwischen ein Bild von der Situation gemacht. Ich rate Ihnen aus meiner Erfahrung, die unterschiedlichen Interessen in einem klärenden Gespräch zum beiderseitigen Nutzen in Übereinstimmung zu bringen."

„Ihnen, Herr Werner Fuchs, muss ich sagen, dass die Vorbringungen Ihres Sohnes durchaus Gewicht haben, dass durchaus die Gefahr einer finanziellen Überdehnung durch die Kosten für die Wohnung und für die sicher irgendwann demnächst notwendige Haushaltshilfe und für den persönlichen Pflegebedarf besteht. Insofern verstehe ich, dass Ihr Sohn hier rechtzeitig das finanzielle Ruder in die Hand nehmen will. Sein Vorschlag, für Sie einen Platz in einem schönen Pensionistenheim zu suchen und zu finanzieren, ist ehrenvoll und beweist seine Zuneigung zu Ihnen, seinem Vater."

Ich musste mich sehr zurückhalten, um nicht laut aufzulachen.

„Ihnen, Herr Dr. Wolfgang Fuchs, muss ich sagen, dass mir Ihr Vater noch bei klaren Sinnen und geschäftsfähig erscheint. Selbst wenn ich einer Teil-entmündigung zustimmen würde, wofür ich ein psychologisches und ein ärztliches Gutachten einholen würde, ist nicht gesagt, dass ich der von Ihnen offenbar gewünschten Nutzung der Wohnung in meiner richterlichen Kontrollfunktion zustimmen würde. Da gibt es auch andere Möglichkeiten einer sinnvollen wirtschaftlichen Verwertung."

„Daher nochmals mein Appell an Sie beide, die unterschiedlichen Interessen gütlich zusammenzuführen. Als Richter bin ich sogar gesetzlich dazu verpflichtet, solche Initiativen anzuregen. Immerhin ist es weder unvernünftig, in fortgeschrittenem Alter in ein Pensionistenheim zu übersiedeln, noch ist es unvernünftig, eine so große und gut gelegene Wohnung als Ordination zu nützen."

„Zuletzt noch eine wichtige Information an Sie beide", ergänzte er. „Es ist eine Gesetzesänderung der Besachwaltung geplant. Wessen Position sie stärken wird, weiß ich nicht. Gehen Sie kein Risiko ein und einigen Sie sich gütlich."

Damit erhob sich der Richter, reichte uns die Hand und entließ uns.

Wir beide, Wolfgang und ich, gaben uns nicht die Hand. Jeder verließ nachdenklich und allein das Schlachtfeld, in dem der Richter ganz offensichtlich bewusst eine Pattstellung provoziert hatte, um einen gütlichen Vergleich anzuleiern.

Kap_12 Wieder im Park

Der Richter hatte mir mit seiner Frage nach einer zukünftigen Partnerin einen Floh ins Ohr gesetzt. Nicht, dass ich dazu schon bereit gewesen wäre. Nicht, dass ich mich Hals über Kopf in die nette Omi im Park verliebt hätte. Dennoch zog es mich dorthin. Ich brauchte einfach einen Menschen, mit dem ich über meine Probleme reden konnte. Einen, der sich in die Situation hineinfühlen konnte.

Wie hatte sie gesagt: ‚Jeden Dienstagvormittag bin ich hier im Park.' Also dann, sagte ich mir, und machte mich auf den Weg.

Tatsächlich fand ich die Omi samt ihren beiden Enkeln bei derselben Sandkiste. Sie sah mich schon von weitem und winkte mir freundlich zu. Offenbar hatte auch sie mich in den paar Wochen seither nicht vergessen.

„Gewähren Gnädigste mir die außerordentliche Gunst und das Vergnügen, hier bei Ihnen Platz nehmen zu dürfen?", fragte ich gespielt artig und gespreizt.

„Von Herzen gerne, Sir. Das Vergnügen liegt ganz auf meiner Seite", war die nicht weniger galante und gekünstelte Antwort.

Wir mussten beide lachen und das Eis der letzten eiligen Verabschiedung nach meiner damaligen ungalanten, ja anzüglichen Frage war endgültig gebrochen.

„Was führt Sie heute hierher in den Park? Wieder Ihre Frau? Wie geht es ihr? Hat sie die Operation gut überstanden?"

„Leider nein. Meine Gattin ist während der Operation verstorben."

Damit hatte es sich für uns ausgelacht. Beide saßen wir mit hängenden Köpfen da.

Schließlich fasste sich die Omi, ergriff meine Hand und drückte sie wortlos voll ehrlichem Mitgefühl. Sie wusste, was es bedeutet den Lebenspartner zu verlieren.

Dankbar für diese spontane Geste hielt ich ebenso wortlos weiter ihre Hand. Sie fühlte sich gleichermaßen fest wie auch weich an. Offenbar eine Hand, die gelernt hatte hart zuzupacken wie auch weich und zärtlich zu streicheln. Eine wunderbare Hand. Ein Glücksgefühl durchströmte mich, wie ich es schon lange nicht mehr gefühlt hatte. Sie empfand wohl ähnlich, sonst hätte sie mir längst die Hand entzogen.

Als sie es schließlich doch tat, verband sie das mit den Worten: „Ich fühle, dass dieser Verlust Sie noch immer sehr schmerzt. Ich weiß wie das ist, auch wenn es bei mir nun schon bald drei Jahre her ist. Wenn es Ihnen hilft, dürfen Sie auch weiterhin meine Hand halten. Aber nur dann, wenn Sie sich mir auch vorstellen! Einem mir völlig Unbekannten überlasse ich sie nicht."

„Gerne. Ja. Sie haben so wunderbare Hände. Dafür gebe ich auch gerne mein Inkognito preis. Ich heiße Werner Fuchs, bin kaufmännischer Angestellter im Ruhestand und wohne draußen am Stadtrand. Mit der U-Bahn bin ich trotzdem rasch in der Stadt. Die Fahrt hierher zu Ihnen war also nicht besonders mühsam."

„Und wie heißen Sie?", setzte ich nach einer kleinen Pause neugierig fort.

„Ich heiße Luise Klug und wohne – ach, das wissen Sie ja schon – im hiesigen Pensionistenheim gleich neben dem Friedhof hinter dem Krankenhaus. Diese unmittelbare Nähe von Pensionistenheim, Spital und Friedhof war übrigens immer wieder Anlass für dümmliche Witze wie etwa die folgenden:"

„Woran stirbt man hier: Im Krankenhaus an einer Krankheit, im Pensionistenheim am Essen, am Friedhof an Langeweile."

„Oder: Wie unterscheiden sich Pensionistenheim, Krankenhaus und Friedhof? Im Endeffekt gar nicht. Nur in der Anzahl der Buchstaben."

„Aber sei es drum. Bis zum genannten Endeffekt lebt man dort sehr gut und ruhig."

„Im Übrigen können Sie gerne Luise zu mir sagen", fuhr sie nach einer kleinen Kunstpause fort.

„Sehr gerne, aber nur, wenn Sie mich mit Werner ansprechen."

Wie üblich besiegelten wir das Du-Wort mit einem zarten, unsinnlichen Kuss bar jeder Unsittlichkeit. Wir wussten, was Sitte und Anstand geboten!

„Und warum, lieber Werner, kamst du heute hierher in den Park. Meinetwegen oder der Kinder wegen oder hattest du noch im Krankenhaus zu tun, etwas abzuholen?"

„Ich kam deinetwegen. Ich brauche einen Menschen, mit dem ich über meine Probleme reden kann, jemanden, der den Tod des Partners selbst erlebt hat, vielleicht auch das Gezänk in der eigenen Familie um das Erbe. Außer dir kenne ich niemanden, der dafür infrage kommt, dem ich mich anvertrauen kann und will. Es ist ein Wagnis, für dich und mich. Bist du dazu bereit?"

„Ja", war die schlichte Antwort von Luise. „Ich hoffe, dass ich dir helfen kann. Ich bin, wie mir alle bescheinigen, jedenfalls eine geduldige Zuhörerin. Ob ich dir auch gute Ratschläge geben kann, wird sich weisen."

„Das freut mich sehr. Ich hoffe, dass ich mit meiner Erzählung nicht inzwischen verheilte Wunden bei dir wieder aufreiße."

Und so begann ich denn zu erzählen:

„Um das Problem auf den Punkt zu bringen: es geht um meine Wohnung. Diese ist 205 m² groß. Sie liegt in einem begrünten, ruhigen Innenhof, aber dennoch sehr verkehrsgünstig, weil nur zwei

Gehminuten von der nächsten U-Bahn-Station. Auf Grund des barrierefreien Zugangs, der Anzahl der Räume und deren Anordnung würde sie sich hervorragend als Arztpraxis mit eigener Wohnmöglichkeit eignen. Das jedenfalls behauptet seit Jahren mein Sohn, der derzeit in einer nur 68 m² großen Wohnung als praktischer Arzt ordiniert und auch wohnt. Zudem liegt seine Wohnung, sowohl was den öffentlichen Verkehr als auch was die Parkmöglichkeiten betrifft, sehr ungünstig."

„Als Wolfgang, mein Sohn, die schon länger bestehende Ordination übernahm, hat er das nicht bedacht. Er war geblendet davon, diese Praxis zu einem wahren Schnäppchenpreis zu bekommen. Aufs Geld hat Wolfgang nämlich immer geschaut. Das ist sein wichtigster Lebensinhalt. Deswegen hat er sehr bald den Kassenvertrag zurückgelegt und sich als Wahlarzt nur mehr Privatpatienten gewidmet. Für diese betuchte Klientel ist seine Praxis aber zu wenig mondän, zu wenig exklusiv, zu wenig vornehm, wurde er nicht müde uns zu sagen. Daher hat er schon vor Jahren begonnen meiner Frau und mir vorzuschwärmen, wie gut sich unsere Wohnung für die Befriedigung seiner eigenen privaten Wohnbedürfnisse wie auch der gehobenen Ansprüchen seiner Patienten-Klientel eignen würde. Er zeigte uns Planskizzen, wie er unsere Wohnung zu einer exklusiven Ordination samt Einliegerwohnung umbauen würde, wie es keine zweite in der Stadt geben würde."

Erschöpft machte ich eine Pause und sah zu Luise, die sich wirklich als geduldige Zuhörerin erwiesen hatte. Sie hatte mich mit keiner Frage unterbrochen oder gar vorschnell Kommentare abgegeben, obwohl sie offensichtlich interessiert zugehört und innerlich Stellung genommen hatte. Jedenfalls ließen mich ihre nonverbalen Reaktionen, wie das kaum merkliche Kopfschütteln, als ich über die Geldverliebtheit meines Sohnes berichtete, das vermuten.

„Uns", fuhr ich fort, „bot er einen Wohnungstausch an. Er brauche mehr Platz, sagte er. Deswegen habe er bis heute auf die Gründung einer Familie verzichten müssen. Ihr zwei benötigt doch gar nicht mehr so viel Platz wie jetzt. Schaut, sagte er, und zeigte uns einen Plan, wie er seine jetzige Wohn-Ordination in eine gemütliche Wohnung für uns umgestalten würde. Wir hätten ein Bad mit Dusche (statt jetzt zwei, eines mit Dusche und Bidet, eines mit einer Wanne für zwei Personen), ein Wohnzimmer (beträchtlich kleiner als das jetzige), ein mittelgroßes Schlafzimmer (statt eines großen mit zusätzlichem Schrankraum), ein kleines Kabinett (statt zwei großen Zimmern, die früher als Kinder- und Spielzimmer, zuletzt als Gästezimmer und Bibliothek dienten), eine Kochnische (statt einer geräumigen Küche, wo zudem das Fenster wie auch das des Kabinetts in einen dunklen, miefigen Lichthof zeigt), ein WC (ohne Lüftungsmöglichkeit und Licht über ein Fenster), einen sehr langen Gang mit genügend Hängemöglichkeit (der aber ungemütlich

schmal ist und sich deshalb nicht mit Kästen ver-
bauen lässt) und einen kleinen Abstellraum (mit un-
praktischem dreieckigem Grundriss)."

„Das wäre, sagte er immer wieder, für uns alte Leute doch mehr als genug Platz. Wir säßen ja doch
nur immer im Wohnzimmer beim Fernsehen oder
bei so unnötigen, weil kein Geld bringenden Tätig-
keiten wie der Aufarbeitung unserer Jahrzehnte alten Reiseberichte und Fotos. Dass das Schlafzimmer mit seinem Fenster direkt an eine verkehrsreiche, laute Straße grenzt, sei wohl für uns sowieso
bereits Schwerhörige kein wirkliches Problem. Sogar einen Lift gäbe es. Dass dieser erst im Halb-
stock beginnt, hätten viele seiner Patienten beklagt.
Aber für uns, die wir ja noch rüstig seien und denen
überhaupt regelmäßiges Treppensteigen aus ärztli-
cher Sicht anzuraten wäre, kann das kein wirkliches
Problem sein. Und wenn es doch eines wird, dann
ist es ohnehin Zeit in ein barrierefreies Pflegeheim
zu übersiedeln. So gesehen wäre unser Umzug in
seine bisherige Wohn-Ordination ohnehin nur eine
vorübergehende Zwischenlösung vor dem Altersheim. Daher müsse man nicht groß umbauen und
adaptieren. Großzügig, wie er nun einmal sei, würde er natürlich unsere neue Wohnung frisch ausma-
len lassen und die Übersiedlungskosten tragen."

Ich war fertig und wartete nun auf Luises Reaktion.
Doch gerade als diese ansetzte zu reden, kamen die
beiden Kinder herbeigestürmt und fragten:

„Omi, was will dieser Mann da? Warum redet er dauernd auf dich ein, wo du doch mit uns spielen sollst? Wir möchten nicht mehr Sandspielen. Komm mit uns Ballspielen und schick den Mann weg!"

Luise lächelte nur mit einem Anflug von Verzweiflung: „So sind sie, die Kinder. Immer soll es nach ihrem Kopf gehen. Ich schlage daher vor, dass wir die Unterredung bei mir im Pensionistenheim fortsetzen."

Und mit einem schelmischen Lächeln entkrampfte sie die Situation, als sie sagte: „Wäre, Sir, Ihr geschätztes Erscheinen morgen zur Teatime 4 p.m. möglich? Ich werde am Balkon decken lassen. Unser Butler, bei dem Sie sich anmelden müssen, wird die Ehre haben, Sie zu meinen Räumlichkeiten zu geleiten."

Ich nickte nur wortlos, um das Lachen zu unterdrücken. Luise war wirklich famos. Welch ein glücklicher Zufall leitete mich, ihre Bekanntschaft gemacht zu haben.

Kap_13 Teatime

Fünf Minuten vor 16 Uhr betrat ich das Pensionistenheim. Es war auf Grund von Luises Beschreibung ‚hinter dem Krankenhaus und neben dem Friedhof' nicht schwer zu finden gewesen. Jedenfalls für Leute wie mich, die Stadtpläne lesen können.

Schwerer zu finden war der Haupteingang, weil es sich um eine sehr weitläufige Anlage handelt.

In der Eingangshalle erwartete mich tatsächlich ein Bediensteter. Ihn als Butler zu bezeichnen war aber weit hergeholt. Seine Bekleidung, die aus einer weißen Montur bestand, ähnlich der für Bedienstete im nahen Krankenhaus, ließ jene steife Vornehmheit vermissen, die man mit dem Bild eines Butlers schlechthin verbindet. Auch in der Sprache gab es erhebliche Unterschiede.

„Wo wojns denn hin, werta Herr?", wurde ich begrüßt.

„Zu Frau Luise Klug", war meine Antwort.

„Ah, zu dera. Woas die, dass Sie kuman?"

„Ja, Sie weiß das und sagte mir, dass Sie die Freundlichkeit haben würden mich zu ihrem Appartement zu geleiten."

„Hods des gsagt, wirkli? Na dann geh ma hoit. No an Moment. I schau, wöche Zimmanumma di hot. Aha – 511. Na, dann nehma besser den Lift. Kummans mit!"

Wenige Minuten später standen wir nach einer Fahrt mit einem Lift, den ich nie und nimmer allein gefunden hätte, und nach einem verwirrenden Weg um drei Ecken und durch zwei lange Gänge vor der

Tür zu Appartement 511. Ich wusste nun, warum Luise gemeint hatte, dass ich zu ihr geleitet werden solle. Ich hätte das Ziel, wenn überhaupt, wohl erst nach langem Suchen gefunden. Offenbar hatte der Architekt das Gebäude bewusst als Anti-Demenz-Anlage konzipiert, als Gedächtnis- und Ortssinn-Training für alte Leute.

Mein Begleiter klingelte. Kurze Zeit später öffnete Luise. Sie trug ein dem Anlass einer Teatime-Einladung entsprechendes cremefarbenes langes Kleid, das bei aller Schlichtheit eine vornehme Eleganz ausstrahlte.

„Dea Herr da hod ma gsogt, dass Sie eam erwoatn."

„Das stimmt. Danke Franz!", antwortete Luise und drückte dem weiß-gekleideten Mann irgendetwas in die Hand.

„Passt scho – wär net notwendig gwesn", murmelte dieser und schlurfte den Gang zurück, auf den wir eben gekommen waren.

„Du siehst hinreißend aus, liebe Luise", stotterte ich statt eines Grußes heraus und drückte ihr einen Strauß Blumen in die Hand. Auch wenn ich grundsätzlich von derartiger Etikette nicht viel halte, schien es mir diesmal ausnahmsweise doch geboten, eine kleine Aufmerksamkeit mitzubringen.

„Komm doch bitte herein", ging Luise weder auf mein Kompliment noch auf den Blumengruß ein, roch aber daran und zeigte mit ihrem Gesichtsausdruck, dass sie sich über die wohlriechenden Blumen freute.

„Bitte leg ab und gedulde dich kurz. Ich möchte die Blumen gleich in eine Vase stellen. Dann machen wir einen Rundgang durch mein kleines Reich."

Es war wirklich nur ein kleines Reich. Es bestand aus einem Wohnzimmer mit einer Sitzgarnitur samt Couchtisch, gegenüber ein großer Wandverbau mit integriertem Fernsehapparat, links davon eine, nur durch einen Vorhang abgetrennte, Schlafnische mit einem Bett im üblichen Format. Ergänzt wurde dieser Wohnbereich durch einen barrierefreien Nassbereich, einem Vorraum mit Kästen bis zum Plafond, in dem sich auch ein kleiner Kochbereich mit zwei Kochplatten, einem Kühlschrank und einem Mikrowellenherd befand. Oder war es sogar ein Backrohr? All das erinnerte mich an meine Fahrten mit Amalie mit einem Wohnmobil. Alles war auf den Zentimeter genau knappest bemessen und enthielt dennoch alles, was man unbedingt braucht.

Zuletzt geleitete mich Luise auf eine Terrasse, die nicht groß war, aber genügend Platz für eine Liege sowie einen Tisch samt vier Sesseln bot. Wie angekündigt war der Tisch gedeckt, aber wohl von Luise selbst und nicht von Butler Franz.

„Bitte nimm Platz", forderte mich Luise auf, während sie sich schon setzte. „Soll ich die Markise herausfahren oder liebst du so wie ich die Sonne?"

„Lass nur. Es passt. Die Sonne stört mich nicht. Nur sitzen wir ohne Markise wie in der Auslage. Die Leute in den oberen Stockwerken haben dann freie Sicht hierher auf deine Terrasse."

„Mich stört das nicht. Ich liege hier sogar oft splitternackt und nehme ein Sonnenbad. Sollen die Spanner eben gaffen, wenn sie sich nichts Jüngeres, Schöneres in der Peepshow leisten können. Aber dich stört es offenbar", antwortete Luise, um nach kurzer Pause schelmisch fortzusetzen: „Oder hast du etwa vor, hier auf der Terrasse etwas zu tun, was andere nicht sehen dürfen? Habe ich mir vielleicht einen Lustmörder eingeladen?"

„Ja, ins Schwarze getroffen", gab ich mich ertappt. „Aber du hast meine Pläne klug durchkreuzt, indem du mich durch Franz bis zu deiner Wohnungstür geleiten ließest. Den müsste ich nun als lästigen Zeugen auch noch beseitigen. Das wird sogar mir zu mühsam. Also bleibe ich heute ausnahmsweise sittsam!"

„Das ist gut. Denn sonst müsste ich meinen Beruf wieder reaktivieren."

„Und der wäre … ?", fragte ich ehrlich interessiert.

„Ich war Kriminalbeamtin."

„Gut, dass du mir das rechtzeitig sagst. Ich werde mich daher mit dir, die sicherlich eine solide Ausbildung in Selbstverteidigung genossen hat, auf keinen Ringkampf einlassen."

„Das will ich dir auch geraten haben, außer du willst von mir einige Hebel und Würfe erlernen. Meinen Kindern habe ich das Einmaleins der Selbstverteidigung schon beigebracht, als sie noch in die Volksschule gingen."

„Kinder? Wie viele hast du?

„Drei. Alles Töchter. Eine, die jüngste, ist verheiratet. Von der stammen die beiden Enkelkinder, die du schon kennst. Die beiden anderen sind noch frei."

„Ich habe nur einen Sohn, der ist auch noch frei. Vielleicht könnten wir beide hier etwas arrangieren?"

„Meine beiden freien Töchter sind zwar auch nicht ganz koscher. Aber was ich bisher über deinen Sohn erfahren habe, lässt mich zweifeln, ob die zusammenpassen würden. Aber bleiben wir bei deinem Sohn und dessen Wunsch, eure Wohnung als Ordination zu nützen. Dort sind wir doch gestern in deinem Bericht stehen geblieben, als meine Enkel partout mit mir Ballspielen wollten."

„Ja, dort sind wir stehen geblieben. Im Übrigen ist es nicht unsere Wohnung, also die von Amalie und mir. Zwar ist das nötige Geld von uns beiden hineingeflossen, aber dennoch bin ich der alleinige Eigentümer. Der Gesetzgeber hat damals nicht erlaubt, dass beide Ehepartner im Grundbuch stehen. Heute ist das zum Glück anders."

„Dann könntest du doch Wolfgang deine Wohnung vermieten, ohne dass er gleichzeitig Eigentümer wird."

„Ja, das könnte ich. Ich könnte auch eine Schenkung zu meinem Todestag machen. Immerhin ist er mein einziges Kind. Aber das will er nicht. Er will alles, und zwar gleich. Ich habe darüber nachgedacht, warum er es so eilig hat, bin aber zu keinem Ergebnis gekommen. Vielleicht findest du eines. Darf ich dir meine Überlegungen vortragen."

„Gerne. Aber zuerst nimmst du dir von meinem Apfelstrudel ein Stück! Darf ich dir auch Tee einschenken? Ja? Nimmst du Zucker und Milch? Nein. Ich auch nicht."

Während Luise noch einschenkte, kostete ich ganz gegen die Etikette augenblicklich den Strudel. „Köstlich! Selber gemacht?"

„Naja, nicht ganz. Du hast ja gesehen, dass wir nur sehr eingeschränkt hier kochen können. Zwar gibt es neben einem Wasserkocher zwei Kochplatten und ein Kombinationsgerät aus Mikrowelle und Backrohr, aber damit springt man nicht weit. Wozu auch, die Mahlzeiten werden im Heim zentral zubereitet und im Speisesaal gemeinsam eingenommen. Ich hätte dich auch dorthin einladen können, da es dort um 16 Uhr Kaffee und Kuchen gibt. Aber das wollte ich nicht. Das hielt ich für zu unpersönlich. Also habe ich eine Packung fertigen Strudelteig gekauft und mit Äpfeln, Bröseln und Rosinen gefüllt und mit Kristallzucker und Zimt gewürzt. Das war es schon. Um 15:30 ab ins Backrohr, und – voilà – um 16 Uhr gibt es hausgemachten ofenfrischen Apfelstrudel. Übrigens: ich hoffe, du magst Rosinen. Meine Töchter nämlich wollen sie allesamt nicht."

„Ich schon. Wie du siehst, habe ich inzwischen alles ratzeputz aufgegessen. Nochmals herzlichen Dank! Aber lass mich in meinem Bericht fortfahren. Den Tee kann ich ja schluckweise zwischendurch trinken. So ist es in der feinen Gesellschaft sogar Sitte, habe ich mir sagen lassen."

„Gut. Fahr bitte fort. Ich höre."

„Gestern habe ich dir mangels Zeichengeräten mit Worten beschrieben, wie die beiden in Rede stehenden Wohnungen aussehen. Aber das ist eigentlich gar nicht so wichtig. Denn heute sehe ich mit eigenen Augen, dass man in einem Appartement wie deinem gut leben kann. Wie groß ist es?"

„34 m² – ohne Terrasse. Die misst nochmals 7 m²."

„Na bitte. Ich bräuchte für mich alleine also keine Wohnung von 68 m². Wolfgang müsste seine bisherige Wohn-Ordination nicht für mich als neue Wohnung einrichten. Siehst du das auch so?"

Luise nickte.

„Noch weniger benötige ich eine Wohnung von 205 m², mit zwei Bädern mit vier Waschmuscheln, drei großen Zimmern, ein großes Doppelbett und viel

Stauraum usw. Ich brauche nur ein Zimmer, ein Bett, eine Waschmuschel, einen Kasten."

Wieder nickte Luise.

„Das Problem ist mehr psychologischer Natur. Ich lebe in der großen Eigentumswohnung seit mehr als 40 Jahren. Ich hänge an ihr, weil sich dort mein Leben als Erwachsener abgespielt hat. Diese Wohnung ist der Speicher meines Lebens. Ich bin kein Physiker oder Chemiker, aber ich habe mir sagen lassen, dass alles Spuren hinterlässt. Die kleinen Tröpfchen meiner Schweißausdünstung haben mit dem Putz an den Wänden chemisch reagiert, die Schallwellen meiner Stimme haben die Moleküle des Putzes in Schwingungen versetzt und neu angeordnet. Ich kann es dir leider nicht besser erklären, aber hoffe, dass du verstehst, was ich meine."

„Ich verstehe dich sehr gut", antwortete Luise. „Mit dem, was du hier angedeutet hast, hatte ich viele Jahre beruflich bei der Spurensicherung an den Tatorten zu tun. Wir könnten nicht arbeiten, wenn die Täter nicht individuelle Spuren hinterlassen würden. Auch ich bin zu wenig Fachfrau, um zu wissen, ob die von dir geschilderten Spuren tatsächlich entstehen. Ein wenig erinnert es mich an Berichte über okkulte Phänomene. Aber ich bin mit meinem Urteil vorsichtig geworden. Vielleicht hat die Wohnung wirklich dich und alles, was du tatest, quasi holografisch, auf mikroskopischer, ja atomarer Ebene gespeichert. Wer weiß das schon."

„Denken wir", fuhr Luise nach einer kurzen Pause fort, „an den Magnetismus, der bis vor wenigen hundert Jahren als okkulter Spuk bekannt war, bevor ihn die Physiker aus dieser Ecke heraus holten. Erklären können sie Magnetismus als solchen nach wie vor nicht. Wer kann sich schon unter einem ‚Feld' etwas vorstellen. Aber sie können das Phänomen berechnen, also seine Wirkung vorhersagen, und manipulieren, und haben es so in unsere unmittelbar und natürlich erfahrbare Welt geholt."

„Oder denke an den DNA-Test, der zum Schrecken aller Kriminellen wurde", stellte Luise wieder den Bezug zu ihrem Beruf her. „Auch hier geht es um winzigste, fast unvermeidliche Spuren. Kurz: Ich glaube zu verstehen, was du meinst. Nämlich: Wenn du dort ausziehst, verabschiedest du dich von großen Teilen deines Lebens. Sehe ich das richtig?"

„Ja, liebe Luise – oder soll ich Frau Kommissarin sagen? Genau das will ich nicht!"

„Das, lieber Werner, ist aber unvermeidlich. Irgendwann sind alle unsere Spuren verwischt – oder können von niemandem mehr aus den Mauern deiner Wohnung herausgelesen werden. Leben ist ein Kommen und Gehen, ein Finden und Verlieren, ein Zusammenfügen und Trennen. Vor kurzem wurdest du von deiner Frau getrennt. Und irgendwann wirst du von deiner bisherigen Wohnstätte getrennt – durch dich selbst oder durch andere. Geh das Problem proaktiv an! Trenne dich rechtzeitig von dem, was letztlich zu Ballast mutiert. Trenne dich von Erinnerungen, die dich daran hindern, ein neues Leben zu beginnen. Solange du überall die Fotos deiner Frau vor Augen hast, den Sessel, auf dem sie saß, ihr Lieblingsbuch in deiner Bibliothek, solange kommst du nicht frei."

Luises Worte waren immer eindringlicher geworden und hatten ihre Wirkung nicht verfehlt. Ich saß da und grübelte. Sie hatte – nüchtern betrachtet – Recht! Aber dennoch!

„Danke für diese erhellenden Worte, liebe Luise. Eine Frage drängt sich dabei auf: Lebst du selbst nach diesen sehr vernünftigen Grundsätzen? Ich bitte dich um eine durch und durch ehrliche Antwort!"

Luise antwortete nicht gleich. Man sah, dass es in ihr arbeitete. Schließlich zog sie mit ihrem Arm in der Luft einen Halbkreis, der ihr ganzes kleines Reich umfasste, und sagte: „Was siehst du hier. Mein neues, kleines Reich. Auch ich habe mit meinem Mann und den drei Töchtern früher woanders gewohnt. Wir hatten ein schmuckes Häuschen am Land. Ich habe es nach dem Tod meines Mannes verkauft. Denn niemand von meinen Kindern brauchte es. Alle hatten sich schon längst selber eine Bleibe geschaffen. Zum Glück. Denn sonst wären wohl Erbstreitereien die Folge gewesen. So habe ich den Verkaufserlös aufgeteilt und bin hierher übersiedelt. Ich musste mich dabei von meinem

Garten, den ich immer mit viel Liebe gepflegt hatte, verabschieden. Das war schwer, aber es hat ge-
klappt. Heute helfe ich hin und wieder dem Gärtner
in unserer Anlage. Aber nur, wenn ich gerade Lust
habe. Die Last, den Rasen mähen und das Unkraut
jäten zu müssen, brauche ich nicht mehr schultern.
Ich habe damals so wie du jetzt gegrübelt, wie es
weitergehen soll, und habe – glaube ich – die richtige Entscheidung getroffen."

„Danke für deine offenen Worte. Ich werde darüber
nachdenken. Lass mich noch schnell den letzten
Schluck meines Tees austrinken. Dann werde ich
dich verlassen. Für heute! Denn ich hoffe, dass du
mir einen Gegenbesuch abstatten wirst."

„Aber gern. Außer Dienstag-Vormittag geht es immer."

„Gut. Dann sagen wir in genau einer Woche zur
gleichen Zeit. Soviel Bedenkzeit über deine Ratschläge erbitte ich mir. Und hier", ich reichte ihr
meine Visitenkarte, „findest du meine genaue
Adresse samt Telefonnummer."

Kap_14 Post vom Sohn

Nachdenklich aber dennoch gut gelaunt erreichte
ich nach einer knappen Stunde meine Wohnung.
Anders als früher empfing sie mich aber dunkel
und leer, so, als ob ich dort gar nichts mehr zu su-

chen hätte, als ob ich hier ein Fremder wäre. Ein Wink von oben?

Ich setze mich in meinen geliebten Schaukelstuhl und ließ die knappe halbe Stunde, die ich bei Luise bei Apfelstrudel und Tee verbracht hatte, Revue passieren. Je länger ich nachdachte, um so mehr musste ich ihr Recht geben. Eine kluge Frau, die in einer ähnlichen Situation wie ich den Mut und die Kraft hatte, sich von Altem zu lösen und neue Wege zu gehen. Warum wehre ich mich so? Warum bin ich nicht bereit, die Wohnung meinem Sohn zu geben? Was hält mich hier noch? Was?

Beim Durchsehen der Post wurde es mir klar: Mein Stolz und mein Trotz. Sie verstehen das nicht, liebe Leserin und lieber Leser? Wie auch. Sie kennen ja noch nicht den Inhalt des Briefes, den ich gerade geöffnet und gelesen hatte. Er stammt aus der Feder – falsch, aus dem Drucker – meines Sohnes.

„Lieber Vater!

Verdammt, dachte ich. Warum so förmlich? Bisher war ich immer noch der Papa, früher sogar der Papi.

Ich nehme Bezug auf das Gespräch bei Gericht. Dort kam für mich völlig überraschend die Möglichkeit ins Spiel, dass du dich eventuell mit einer neuen Frau verehelichst, womit die Wohnung mei-

ner Kindheit wohl für alle Zeit für mich verloren ist. Obzwar sich Mama im Grab umdrehen würde, wüsste sie, dass du so knapp nach ihrer Beerdigung schon wieder Sex suchst und auf Brautschau bist, muss ich dieser Möglichkeit doch realistisch ins Auge sehen.

Denn offenbar bist du nach wie vor ein von Sex Getriebener. Tatsache! Wie ich aus verlässlicher Quelle, nämlich von Wanda, erfahren habe, bist du nicht davor zurückgeschreckt, diese arbeitsame und ehrenhafte Frau, die sich nach der schmutzigen Arbeit im Haushalt duschen wollte, in der Dusche zu bedrängen und zu sexuellen Handlungen zu nötigen. Pfui Teufel. Mein Vater ein Belästiger, schlimmer noch: ein Sexunhold.

Zufällig hatte Wanda ihr Handy, mit dem sie immer ihre Arbeit für mich dokumentierte, am Sessel, wo sie sich entkleidet hatte, abgelegt und wohl unbeabsichtigt den Filmauslöser betätigt. Somit ist deine Untat zweifelsfrei dokumentiert. Trotz Dampfschlieren ist klar zu erkennen, wer die Personen sind und was Wanda tun musste.

Du wirst verstehen, dass ich Wanda, die sich bei mir beklagte und dafür sogar Schmerzensgeld forderte, nichts zahlte, sondern meinte, dass sie sich den Lohn für die Nuttendienste gefälligst bei dir holen solle. Das wollte sie aber nicht aus Angst, dass du sie wieder zu deinen Sexspielchen nötigen würdest.

Da du aber mein Vater bist, werde ich keine Anzeige erstatten. Vorläufig. Das kommt allerdings auf deine Reaktion auf diesen Brief an.

Vorsichtshalber habe ich Wanda das Handy mit viel Geld abgekauft, damit diese dir nicht mit diesem Beweismittel ans Leder kann – obwohl dir völlig Recht geschähe.

Als Entschädigung für die nicht unerhebliche Summe und dafür, deine Untat nicht anzuzeigen, würde ich akzeptieren, wenn du mir raschest möglich die Wohnung überschreibst. Überschreibst, nicht nur – um welchen Preis auch immer – vermietest.

Wenn du glaubst, mit diesem Brief nun ein Druckmittel gegen mich in der Hand zu haben, so irrst du. Als Sohn kann ich mich sogar bei Gericht jeder Aussage entschlagen, die dich belasten könnte. Insofern bin ich vom Gesetz wohl nicht gezwungen, Anzeige zu erstatten. Wanda könnte das, aber dann steht Aussage gegen Aussage. Sei also klug.

Bedenke zudem, dass Untaten wie die geschilderte durchaus dazu angetan sind, den Richter umzustimmen, was zur Entmündigung bis zur Einweisung in eine Anstalt für abnorme Rechtsbrecher führen könnte. Dann wäre die Wohnung so und so für mich frei. Also handle klug!

Ich ließ den Brief entsetzt über dessen Inhalt sinken. Welches Monster hatten wir da großgezogen?

Waren es wirklich wir, Amalie und ich? Oder war es nicht viel mehr die aus allen Fugen geratene, von Narzissmus, Gier und Dummheit geschwängerte Gesellschaft? Oder beides?

Langsam beruhigte sich mein Herzschlag. Wäre ja noch schöner, wenn ich aus Ärger hier einem Herzinfarkt erliege, dachte ich. Nein, so leicht mache ich es dir nicht, lieber Sohn. Ich heiße Werner. Du weißt, was das bedeutet! Kampf bis zum glorreichen Sieg – oder zur bitteren Niederlage! Jetzt gibt es kein Patt, jetzt gibt es nur noch Schachmatt.

Nach Minuten des Grübelns, was ich nun tun sollte, wusste ich es. Ich suchte mir die Telefonnummer des Pensionistenheimes heraus, rief dort an und ließ mich ins Zimmer 511 verbinden. Wie gut, dass es dort im Handyzeitalter noch immer das gute alte Festnetztelefon gibt.

Nach wenigen Sekunden meldete sich tatsächlich Luise:

„Ja bitte. Wer spricht?"

„Werner. Ich habe mich bereits entschieden. Kannst du mich schon morgen statt erst in einer Woche besuchen kommen?"

„Einen Moment. Ich muss erst meinen Kalender zu Rate ziehen."

Wenige Augenblicke später kam die Antwort. Sie kann!

Kap_15 Gegeneinladung

Pünktlich um 16 Uhr am nächsten Tag stand Luise vor der Tür. Gott sei Dank brachte sie mir keinen Blumenstrauß mit. Was hätte ich damit auch sollen? Es reichte, dass sie kam. Sie!

„Lieb, dass du gleich gekommen bist", begrüßte ich sie und reichte ihr die Hand. Das galante ‚Küss die Hand'-Ritual war mir ebenso zuwider wie das moderne ‚Bussi-Bussi'-Ritual. Beides waren bloß Rituale, also längst sinnentleerte Verhaltensweisen. Wie schön war es dagegen, ihre warme, gleichzeitig feste wie weiche Hand in meiner Hand zu spüren.

„Darf ich dich analog zu gestern zunächst einmal durch mein Reich führen, das ein wenig größer ist als deines. Aus meinen Erzählungen kennst du es ja schon. Überzeuge dich jetzt selbst, ob meine Beschreibung zutreffend war."

Dabei ergriff ich ihre Hand und zog sie an dieser sanft durch die ganze Wohnung. Das Herumführen war natürlich nur ein Vorwand, um ihre Hand nicht loslassen zu müssen. Erfreulicherweise akzeptierte sie das. Erst als wir beim – von mir vorsorglich gedeckten – Esstisch ankamen, entzog sie mir diese.

„Auf welchen der beiden Plätze darf ich mich hinsetzen?"

„Ist mir völlig gleich", antwortete ich schnell und gedankenlos.

„Mir nicht", war ihre Antwort. „Ich möchte nicht dort sitzen, wo deine Frau immer saß."

Erst jetzt verstand ich, wie vorschnell und empathielos ich geantwortet hatte. Hatte Wolfgang diesen Zug von mir, nur maßlos übersteigert?

„Meine Frau saß auf keinem der Plätze, bei denen ich jetzt gedeckt habe. Aber gut: Setze dich hierher. Von hier hast du einen schönen Blick auf mein Aquarium."

„Du liebst Fische?"

„Warum nicht? Die Pflege von Aquarien kann man weitgehend automatisieren. Die Futterzufuhr, die Wasserumwälzung samt Sauerstoffzuführung, die Temperaturregelung. Selbst die Reinigung der Glasflächen geschieht nur ausnahmsweise von Hand. Das erledigen die Schnecken für uns. Wenig Arbeit, viel Freude."

„Das sehe ich ein. Aber mit einem Hund, einer Katze hat man ein zusätzliches Familienmitglied, etwas Warmes, Lebendiges, Anhängliches."

„Ein Hund oder eine Katze kamen nicht infrage. Wie hätten wir da unsere langen Reisen unternehmen können? Und lebendig sind Fische auch. Warm und anhänglich wohl nicht. Da hast du Recht. Aber ich kann ihnen stundenlang zuschauen, wie sie ohne Hast majestätisch durch das Wasser gleiten. Sie strahlen so viel Ruhe aus und erfreuen das Auge mit ihrer Farbenpracht. So ein Aquarium war schon mein – damals unerfüllter – Kindertraum."

„Den du dir jetzt erfüllt hast."

„Nein. Die Geschichte ist komplizierter. Amalie, meine Frau, wollte kein Aquarium. Zuviel Putzarbeit und erst die Gefahr, wenn das Aquarium undicht wird oder gar birst, sagte sie. Nein! Basta!"

„Aber", fuhr ich fort, „ich bin hartnäckig, ja manchmal auf listige Art richtig lästig. Ohne diese Eigenschaft wäre ich kein erfolgreicher Verkäufer geworden. Hier führte ein Trick zum Erfolg."

„Du musst wissen, dass meine Frau vom Sternzeichen ein Fisch war. Also schenkte ich ihr zu ihrem 50er eben dieses Aquarium. Sie hat schön geschaut, aber die Kröte mit den Worten ‚aber Putzen und Füttern musst du' letztlich geschluckt."

„Du bist ganz schön raffiniert", meinte Luise. „Mit dir hätte ich als Kriminalistin meine liebe Not gehabt, glaube ich."

„Von dieser Raffinesse werde ich demnächst sehr viel mehr brauchen. Mehr dazu nach der Jause. Greif bitte zu! Es ist, wie könnte es bei einem Mann anders sein, nichts Selbst-Gebackenes, sondern stammt von unserem gewohnten Bäcker. Es wird dir schmecken – hoffe ich zumindest."

Luise ließ sich nicht zweimal bitten und begann die Kardinalschnitte mit einem Heißhunger zu verschlingen, den man ihr gar nicht zugetraut hätte. Dabei sagte sie entschuldigend – oder nach Komplimenten heischend: „Jetzt weißt du, warum ich etwas rundlich bin."

Nun hätte ich ihr wohl höflich widersprechen sollen und ihre – für ihr Alter gar nicht üble Figur – loben sollen.

Ich entschied mich aber zu einem frivolen Kommentar, zu dem ich schelmisch mit einem Auge zwinkerte: „Das sehe ich und bin froh darüber. Mollige Frauen sind nämlich angeblich die besseren Liebhaberinnen."

Luise wurde ein wenig rot, was sie aber nicht hinderte schlagfertig zu antworten: „Und woher weißt du das so genau?"

Jetzt kam ich ins Stottern: „Meine Frau hatte eine ähnliche Figur wie du."

„Und das reicht für eine statistische Aussage?", setzte Luise unbarmherzig ihr Verhör-Spiel fort. „Gestehen sie, Beschuldigter, dass Sie mehrmals fremd gingen!"

„Aber nur", stieg nun auch ich in das frivole Spiel ein, „um diese Aussage der Medien selbst zu überprüfen. Da man solche Aussagen nur durch lange und gewissenhafte Versuchsreihen verifizieren oder falsifizieren kann, habe ich mich als Tester zur Verfügung gestellt. Ungern, weil mein Tun unbezahlt blieb."

„Angeber, Lügner, Aufschneider."

Mit diesen Worten beendete Luise das frivole Ge-
plänkel und widmete sich gierig dem letzten Stück
ihrer Kardinalschnitte.

„Tausend Dank. Das hat sehr gemundet. Aber dafür, dass du die Einladung vorverlegt hast, gibt es
offenbar einen anderen, dringenden Grund. Lass
hören!"

Kap_16 Bericht

Ich stand auf, holte den Brief meines Sohnes und
gab ihn ihr zu lesen. Wortlos beobachtete ich ihre
Mimik, die von Überraschung und Entsetzen bis
Abscheu zeugte. Schließlich ließ sie den Brief sinken und schloss ihre Augen. Offenbar dachte sie
nach und wollte sich dabei nicht in die Karten blicken lassen. Immerhin gelten die Augen ja als Zu-
gang zur Seele.

Als sie wieder die Augen öffnete, war ihr Blick der
einer routinierten Kriminalbeamtin. Scharf und for-
schend.

„Wie war das damals unter der Dusche mit euch
beiden Pornodarstellern? Ich kenne den Film nicht
und möchte daher auch von dir wissen, was sich
damals zugetragen hat. Ob es wirklich so war, wird
sich weisen. Jetzt möchte ich einmal deine Version
der Geschichte hören."

„Soll ich von Anfang an die ganze Entwicklung schildern oder nur die angebliche Pornoszene unter der Dusche?"

„Ja, zunächst nur die. Sie ist schließlich der Angelpunkt der ganzen Anschuldigung. Aber bitte genau und in allen Einzelheiten! Ich bin nicht prüde und habe in meiner beruflichen Laufbahn wohl noch ganz andere Geschichten gehört."

Also begann ich den Vorfall zu erzählen, zuerst ein wenig verschämt und stockend, dann immer flüssiger.

„Meine bei einem Radunfall vor vielen Jahren lädierten Schultern waren wieder virulent geworden. Damit muss ich leben, weil ich damals eine rechtzeitige Operation unterließ. So war ich an besagtem Tag nicht in der Lage, mich selbst einzuseifen. Wanda war eigentlich nur für Arbeiten im Haushalt angestellt, nicht für die persönliche Körperpflege. Aber da man im Spital und in Altersheimen ja auch Hilfe beim Waschen bis zum Anziehen anfordern kann, fand ich nichts dabei, sie diesbezüglich zu fragen."

„Zuerst wollte sie nicht, aber dann ließ sie sich doch dazu überreden. Allerdings mit Auflagen. Erstens meinte sie, dass sie das nicht mit ihrem Gewand machen könne, weil dies nass werden könnte und sie kein Reservegewand mithabe. Sie müsse sich daher auch entkleiden, wolle aber nicht von mir nackt gesehen werden. Daher sollte ich mich als erster ausziehen und in die Duschnische steigen, Gesicht zur Wand. Sie würde sich dann entkleiden und nachkommen. So geschah es auch."

„Verwundert", fuhr ich nach einer kleinen Pause fort, „hat mich damals ihre dritte Forderung, nämlich das Geschehen filmen zu wollen. Das nur zu dem Zweck, meinem Sohn diese in ihrer Haushaltsarbeit nicht inkludierte Pflege-Leistung extra verrechnen zu können, erklärte sie mir treuherzig. Ich habe mich zwar sehr gewundert, aber letztlich zugestimmt. Denn auch alle anderen Arbeiten musste sie mit Fotos oder Filmen dokumentieren, um von meinem Sohn dafür bezahlt zu werden."

„Schön. Und was genau passierte nun in der Duschnische?", ließ Luise nicht locker.

„Zunächst duschte sie mich ganz kurz ab. Dann seifte sie meinen Rücken, dann die Arme und schließlich den Hals und Nacken ein. Bei letzterem stand sie so knapp hinter mir, dass ich ihre Brüste und ihr Schamhaar an meinem Rücken und Po spürte. Du kannst dir vorstellen, dass dies natürlich Wirkung zeigte."

„Red nicht herum", gab sich Luise ungeduldig. „Nur Wirkung im Kopf oder auch körperlich. Kurz: Hattest du einen Ständer?"

„Ja. Hatte ich. Plötzlich beugte sich Wanda zu meinem Ohr und fragte, ob sie mich auch vorne einseifen solle. Ihr Haar kitzelte dabei an meinem Hals und ließ mein Glied zu ungeahnter Stärke wachsen. Ich sagte ‚ja‘.“

„Daraufhin begann sie erst meine Brust einzuseifen, dann meinen Bauch. Als sie um den Nabel kreiste, beugte sie sich nochmals vor und fragte: ‚Auch noch tiefer?‘. Ich war zu diesem Zeitpunkt längst in einem sexuellen Rauschzustand und sagte ‚Ja‘.“

„Daraufhin begann sie meinen Unterbauch einzuseifen, dann meinen Hodensack und widmete sich schließlich auch meinem besten Stück. Aufgekratzt wie ich war, bedurfte es nur einiger weniger zarter Einseif-Handbewegungen von Wanda, und ich ejakulierte.“

„Ja so seid ihr Männer. Man braucht nur ein wenig Hand anzulegen, und schon kommt ihr. Wir Frauen sind da deutlich anspruchsvoller. Egal. Wie ging es weiter?“

„Dann spülte sie mit der Handbrause – eine Schauerbrause haben wir nicht – die Seife und das Ejakulat in den Abfluss. Ich musste dann noch kurz warten, bis sie wieder draußen war. Danach durfte auch ich das Bad verlassen.“

„Ok. Klingt mir nicht nach Nötigung. Das Handy hast du auch nicht mehr gesehen, geschweige den Film darauf?“

„Nein. An diesem Tag habe ich nicht nur das Handy, sondern auch Wanda das letzte Mal gesehen.“

„Schade. Den Film hätte ich gerne gesehen. Noch dazu mit dir in der Rolle des männlichen Hauptdarstellers. Denn deine Erzählung klingt so, dass sie jeder Porno-Produzent zu einem Blockbuster hätte machen können", outete sich Luise schelmisch als gar nicht prüde.

„Eines ist in der Erzählung für mich aber nicht stimmig", fuhr Luise fort. „Du sagst, Wanda habe vor dir das Bad verlassen. Wer hat dich dann abgetrocknet? Wer sich nicht einseifen kann, kann sich auch nicht abtrocknen!"

„Mag sein", antwortete ich. „Ich trockne mich aber niemals ab, sondern gehe auf dem Kokosläufer im Gang so lange auf und ab, bis ich trocken bin. Handtücher sind unhygienisch. Selbst den Fön verwende ich höchst ungern. Der ist eine Energie fressende Bakterienschleuder."

„Schön. Ich weiß jetzt, wie es sich zugetragen hat. Ich will dir glauben."

„Was ich nicht weiß, ist", setzte Luise fort, „ob dieser Film wirklich existiert, soll heißen: Ob er jemals in verwertbarer Form existiert hat und noch immer existiert. Es könnte ja durchaus sein, dass wegen des Dampfes im Bad die beteiligten Personen nicht klar zu erkennen sind. Oder dass der Bildausschnitt nicht passte; das Handy lag ja angeblich nur am Sessel und hätte aus der gewünschten Aufnahmeposition rutschen können. Oder es gibt keinen vollständigen Film, weil die Handybatterie während der Aufnahme den Geist aufgegeben hat. In jedem dieser Fälle blufft dein Sohn Wolfgang."

„Das ist möglich. Aber da ich das nicht weiß und nicht überprüfen kann, hilft mir das nicht weiter", war meine resignierende Antwort.

„Hallo – Kopf hoch! Ich glaubte, ein Werner kämpft erhobenen Hauptes bis zum Sieg – oder bis zur unvermeidlichen Niederlage!"

„Hast du übrigens noch das Kuvert zu dem Brief?", ergriff Luise gleich wieder die Initiative.

„Nein. Das landete im Papierkorb."

„Dann ist es weg. Schade. Am Poststempel hätte man gesehen, von wo und wann der Brief wegging. Auch auf Fingerabdrücke hätte man beide überprüfen können. Wirklich schade."

„Halt. Nicht so eilig. Den Papierkorb habe ich noch nicht geleert. Das Kuvert muss noch zu finden sein", entgegnete ich hoffnungsvoll und machte mich schon auf den Weg zu meinem Schaukelstuhl, neben dem mein Papierkorb seinen angestammten Platz hat. Ein kurzes Wühlen und – Heureka – hier war der Umschlag.

Luise nahm ihn vorsichtig in die Hand, um selbst möglichst wenig Fingerabdrücke darauf zu hinterlassen. Dann wandte sie sich zu mir und sagte feierlich: „Das ändert alles!"

Kap_17 Luise macht sich ein Bild

Ich sah Luise nur wie die sprichwörtliche Kuh vor dem neu gestrichenen Tor an und verstand nichts, gar nichts. Konnte sie etwa mit bloßem Auge Fingerabdrücke erkennen und zuordnen? Unsinn!

„Was hat alles geändert?", fragte ich verwirrt.

„Geduld, Geduld. Das ist die wichtigste Charaktereigenschaft eines erfolgreichen Kriminalisten. Ich musste oft Jahre warten, bis sich die Mosaiksteinchen zu einem Gesamtbild zusammenfügen ließen, bis aus Indizien Beweise wurden."

„Bitte sprich nicht in Rätseln. Ich bin kein geduldiger Mensch. Im Gegenteil: Ich kann vor lauter Ungeduld sehr leicht sehr lästig werden. Willst du das?"

„Ich will etwas ganz anderes von dir. Bisher kenne ich deinen Sohn Wolfgang und die Frau Wanda nur aus deinen Schilderungen. Ich möchte mir aber von beiden ein Bild machen, und zwar im ursprünglichsten Sinn des Wortes. Gibt es Fotos von den beiden?"

„Von meinem Sohn? Natürlich. Amalie hat viele Fotos gemacht und die besten davon in Fotobüchern verewigt."

„Ich glaube, du hast mich missverstanden. Ich brauche keine Fotos aus Wolfgangs Kindertagen. Ich brauche möglichst aktuelle oder zumindest solche, wo er bereits die Züge eines Erwachsenen trägt. Als frühester Zeitpunkt erscheint mir daher die letzte Klasse seiner Schulzeit. Bilder von der Reifeprüfung, aus seiner Studienzeit oder von der Promotionsfeier könnten auch helfen. Oder Fotos von einer der letzten gemeinsamen Geburtstagsfeiern. Wie alt ist Wolfgang jetzt?"

„42 wurde er heuer."

„Na dann nichts wie her mit den Fotos von dieser Feier!"

„Es gibt keine. Wir haben seit vielen Jahren nicht mehr gemeinsam Geburtstage gefeiert, weder seine noch unsere."

Luise sah mich mit einem mitleidigen Blick an, sagte aber nichts.

„Die neuesten Bilder, die ich von ihm habe, sind Urlaubsfotos. Er gibt gerne damit an, wo er denn Urlaub macht, sowohl uns gegenüber als auch gegenüber seinem Freundeskreis. Dazu lädt er seine Fotos vom Handy direkt in seine Cloud und versendet nur den Link zum Öffnen des aktuellen Bilderverzeichnisses."

„Na das ist ja schon etwas", lobte mich Luise. „Dann lass uns als Erstes dort hineinschauen."

Minuten später hatte ich meinen Laptop gestartet und im Mailordner nach einer einigermaßen aktuellen E-Mail gesucht, in der Wolfgang uns so einen

Link gesendet hatte. Ein Doppelklick auf diesen Link brachte – nichts! Ein dead Link!

„Was nun?", fragte ich enttäuscht.

„Weitersuchen", war die knappe Antwort. „Wer wird denn gleich aufgeben? Es ist doch allgemein bekannt, dass diese Links meist nur für einen vorgegebenen Zeitraum gültig sind. Werde ausnahmsweise nicht mir und anderen Leuten, sondern dem Computer lästig, so lästig, dass er irgendwann das Gewünschte ausspuckt. Mir gibst du inzwischen bitte einige der neuesten Fotobücher zum Durchblättern. Ich gehe davon aus, dass deine Frau Amalie Bildunterschriften einfügte, insbesondere natürlich bei eurem Sohn."

„Ja, da schätzt du sie richtig ein. Das hat sie, die immer Tüchtige, natürlich gemacht. Aber bediene dich bitte selbst! Alle unsere Fotobücher stehen dort hinten am Kamin-Sims."

Während ich weiter in meinen Mailordnern stöberte, blätterte Luise in den Fotobüchern. Mehr als ein gelegentliches ‚Oh' und ‚Ah' war von ihr nicht zu hören. Wir arbeiteten ruhig und zielstrebig nebeneinander – wie ein schon jahrelang zusammengeschweißtes Team.

Schließlich wurde ich fündig und rief Luise zu mir. Hier – das sind Fotos von seiner Namibia-Reise. Dort hat er sogar einen Leoparden geschossen, wie das Bild beweist."

„Das Bild beweist gar nichts", widersprach mir Luise. „Ich weiß aus einem früheren Fall, dass dort nur ganz wenige Leoparden zum Abschuss freigegeben werden und der Abschuss irrsinnig teuer ist. Eine Lösung dieses Problems bestand damals darin, dass die Jäger der Jagdgruppe ihre Geldmittel zusammenlegten. Wer am meisten bezahlt hatte, durfte als erster schießen. Verfehlte er, so durfte es derjenige probieren, der am zweitmeisten in die Kassa gelegt hatte. Zu einem dritten Schuss kam es meist nicht mehr. Zweimal angeschossen kam der Leopard meist nicht weit, zweimal verfehlt war er auf Nimmerwiedersehen weg."

„Ich verstehe nicht, was das mit den Fotos zu tun haben soll!"

„Na, das liegt doch auf der Hand. Ein Jäger nach dem anderen stellte sein Bein auf den toten Leoparden und tat damit so, als ob er ihn erlegt hätte. So ein Foto beweist also gar nichts. Man könnte sogar von Beweismittelfälschung sprechen."

„Das hätten sie mit Photoshop aber billiger haben können", ergänzte ich trocken, um noch gleich ein wenig zu ätzen: „Und mit solchen Angeberfotos hast du dich bei der Kriminalpolizei beschäftigt? Hattet ihr nichts Besseres zu tun, etwa Mörder und Sexunholde zu fangen und zu überführen?"

„Nein. Letzteres habe ich mir für heute Abend aufgehoben, wo der Beschuldigte keine zwei Meter von mir entfernt sitzt", konterte Luise schlagfertig.

Ich sagte nichts mehr. Mir hatte es die Sprache verschlagen.

Luise war inzwischen wieder zu mir gekommen und verglich das aktuelle Foto mit einigen älteren Fotos in den Fotobüchern.

„Ein respektabler Mann, euer Wolfgang", lobte sie dessen Erzeuger, nämlich Amalie und mich, in einem Zug. „Man sieht ihm seine kriminelle Energie gar nicht an. Ach, was sage ich da. Es ist entgegen der Meinung des Volksmundes in vielen wissenschaftlichen Versuchen bestätigt, dass man Verbrecher nicht an ihre Visage erkennt. Das Wort ‚Verbrechervisage' sollte man daher besser nicht verwenden."

„Ich kenne die Versuche auch", entgegnete ich. „Dennoch finde ich die Wortklauberei entbehrlich, ja schädlich und unnötig zensurierend. Im üblichen Sprachgebrauch stellt eine solche Wortverbindung nur eine zeitliche oder räumliche Koinzidenz dar, aber keine logische Sukzedenz. Wer ein hässliches Gesicht als Verbrechervisage bezeichnet, drückt damit in aller Regel seinen Abscheu aus, behauptet aber damit nicht, dass jede Person mit so einer hässlichen Visage ein Verbrecher ist, oder umgekehrt jeder Verbrecher eine solche hässliche Visage hat. Doppelworte drücken keine Implikation, kein ‚wenn … dann …' aus. Das Doppelwort ‚Hochhaus' drückt schließlich auch nicht aus, dass ein Haus hoch sein muss, und umgekehrt muss etwas

Hohes nicht zwingend ein Haus sein. Das müsste doch den Wortklaubern klar sein, oder?"

Luise sah mich nach dieser langen Vorlesung mit großen Augen ungläubig an. „Eine solche Analyse hätte ich von dir nicht erwartet. Was sagtest du, warst du. Ein kaufmännischer Angestellter? Viele Akademiker machen sich nicht die Mühe, so wie du über unsere Sprache etwas tiefergehend nachzudenken."

„Bin ich denn dümmer als die, welche das Glück und das Geld hatten, studieren zu können? Nein. Zudem musste ich mich in meinem Beruf sehr ausführlich mit Sprache auseinandersetzen. Ein einziges unpassendes Wort, eine falsche Betonung, und schon war das Verkaufsgespräch zu Ende. Und da ich nach Erfolg bezahlt wurde, musste ich mich mit Sprache als Kommunikationsmittel intensiv beschäftigen. Ich lernte halt in der Praxis das, was andere an der Uni hörten. Anders als die sah ich aber gleich, ob meine Hypothesen über eine gelingende Kommunikation erfolgreich waren oder nicht."

Luise sah mich noch ungläubiger und forschender an. Plötzlich huschte ein schelmisches Lächeln über ihr Gesicht und sie sagte: „Mein erster Fall eines Sexualstraftäters mit Sprachkompetenz."

Damit war dann dieser Exkurs in den politisch korrekten Gebrauch der Umgangssprache beendet und wir wendeten uns wieder den Fotos zu.

Kap_18 Wanda

Erst nach und nach merkte ich, mit welcher schlauen Akribie Luise vorging. Während ich nur nach Wolfgang auf den Fotos suchte, bezog sie auch alle anderen Personen mit ein, die am Foto zu sehen waren. Sie hatte mir eben ihre Berufserfahrung voraus.

Vor allem bei Frauen fragte sie immer wieder, wer diese und jene sei. Meist musste ich passen oder konnte nur die nichtssagende Antwort ‚eine Urlaubsbekanntschaft‘, ‚eine Schulfreundin‘ oder eine ‚Studienkollegin‘ geben. Schließlich wurde es mir zu bunt und ich wollte wissen, wonach sie denn suche.

„Na, das liegt doch auf der Hand. Ich suche nach Wanda", war ihre Antwort.

„Da haben wir schlechte Karten. Denn mehr als ihren Vornamen kenne ich nicht. Ich weiß nicht einmal, ob er wirklich der ihre ist. Ich sah nie einen Ausweis, erhielt nie eine Visitenkarte, kannte weder ihren Familiennamen noch ihre Adresse noch ihre Telefonnummer."

„Und das fandest du nicht eigenartig, ja verdächtig?"

„Nein, warum? Es wurde ja alles von Wolfgang bezahlt und gemanagt. Ich vertraute darauf, dass er das alles weiß. Und wenn sie einmal nicht kommen konnte, war vereinbart, dass sie anrufen und sich entschuldigen würde. Aber das kam nur ein einziges Mal vor."

„Das reicht uns – super. Jetzt haben wir sie. Kannst du anhand des Kalenders eruieren, an welchem Tag das war?"

„Kann ich." Ich holte mein Handy und blätterte im Kalender zurück. „Ja, hier steht: Wanda kommt nicht."

„Wunderbar. Jetzt gehst du bitte im Handy in deinen Telefonspeicher – ich meine die Auflistung der empfangenen Anrufe – und schreibst alle Nummern heraus, die dich an diesem Tag anriefen."

Ich blätterte also in dieser Liste bis zu dem besagten Tag zurück. Da gab es drei Anrufe. Zwei der Nummern kannte ich: die gehören Freunden. Bei der dritten Nummer stand ‚Unbekannter Teilnehmer'.

„Dieses Luder", fauchte Luise. „Kommt dir das nicht auch langsam alles sehr verdächtig vor, lieber Werner?"

„Ja. Aber leider zu spät. Hast du etwa sie im Visier und nicht Wolfgang, obwohl doch er den Brief geschrieben hat und er der Nutznießer dieser Erpressung wäre."

„Hat er das und ist er das? Wirklich?"

Luise beantworte ihre Fragen gleich selbst: „Nehmen wir den Brief. Er ist offenbar am Computer geschrieben und auf einem Laserdrucker ausgedruckt worden. Er kann also durchaus von einer anderen Person geschrieben worden sein."

„Die allerdings tiefen Einblick in unsere Familienangelegenheiten haben musste", wandte ich skeptisch ein.

„Richtig. Wanda hatte diesen und zählt daher zum Kreis der Verdächtigen. Zudem: Ist dir aufgefallen, dass die Adresse und der Absender – das ist doch Wolfgangs Adresse, ja? – am Briefkuvert nicht mit Maschine aufgedruckt wurde, sondern handgeschrieben ist."

„Nein. Darauf habe ich nicht geachtet."

„Kennst du die Handschrift deines Sohnes gut genug, um sie hier am Kuvert identifizieren zu können?" Bei diesen Worten reichte mir Luise das Kuvert und sah mich fragend an.

Ich machte nur einen kurzen Blick darauf und antwortete: „Kaum. Wer schreibt heute noch Briefe? Und seit seiner Schulzeit, aus der hier noch irgendwo Hefte von Amalie aufgehoben wurden, hat sich seine Schrift doch sicher verändert. Das Einzige, was er wohl noch hin und wieder handschriftlich ausstellt, sind ärztliche Rezepte."

„Die nützen uns aber nichts für allfällige graphologische Befunde. Die wenigen, meist nur abgekürzt hingeschmierten lateinischen Fachbegriffe erlauben keine hinreichenden Vergleiche. Dafür bräuchte man längere Texte. Die haben wir leider nicht. Was wir haben, ist meine Berufserfahrung. Und ich fresse einen Besenstiel, wenn das nicht die Handschrift einer Frau ist!"

„Wanda?"

„Wer wohl sonst?", war Luises kurze, lakonische Antwort.

Kap_19 Ein abgekartetes Spiel?

„Wir müssen sie finden", setzte Luise fort. „Über die Telefonnummer geht es nicht; die hat sie nicht mitgeschickt."

„Dann rufe ich halt meinen Sohn an und frage ihn unter irgendeinem Vorwand nach Wandas Telefonnummer. Zum Beispiel könnte ich sagen, dass sie hier etwas vergessen hat, etwa einen Regenschirm."

„Das hätte zusätzlich den Vorteil", setzte ich fort, „dass dabei der Brief wohl nicht unerwähnt bliebe. Ich jedenfalls würde bei einem solchen Telefonat nachfragen, ob mein Brief eingetroffen ist. Tut er es, so wissen wir, dass der Brief von ihm stammt."

„Nein, auch das wissen wir dann nicht", wandte Luise ein. „Wir wissen dann nur, dass er von diesem Brief weiß. Von ihm als Verfasser muss er nicht stammen."

„Du hast Recht. Aber kommt es darauf an?"

„Natürlich. Bei Strafverfahren macht es einen Unterschied, ob du der Täter oder bloß ein Mitwisser bist", belehrte mich Luise.

„Einverstanden. Wenn er den Brief nicht zur Sprache bringt, gibt es zwei Möglichkeiten. Er vermeidet bewusst das Thema, obwohl er im Brief von mir eine rasche Entscheidung fordert. Oder er weiß wirklich nichts vom Brief, dann sind wir wohl wieder bei Wanda gelandet. Nur sie wusste um die Sache unter der Dusche, die im Brief genannt wurde."

„Und jetzt ich, und das mit allen pikanten Details", ergänzte Luise mit einem schelmischen Lächeln. „Natürlich könnte Wanda die ganze Geschichte auch jemand anderen erzählt haben, etwa einer engen Freundin. Und die wurde dann tätig. Aber damit entfernen wir uns immer weiter von dem, was wahrscheinlich ist. In all den Kriminalfällen, wo ich Einblick hatte, war der Täter oder die Täterin von Anfang an im Zentrum der polizeilichen Untersuchungen."

„Und wenn sie es ihrem Mann oder Lebensgefährten erzählt hat. Immerhin hat sie zwei Kinder."

„… die du nie zu Gesicht bekamst. Nicht einmal ihre Namen kennst du. Wer weiß, ob es die Kinder überhaupt gibt! Und ihrem Mann oder Lebensgefährten erzählen? Hättest du Amalie solch einen Vorfall aus freien Stücken erzählt? Du brauchst mir darauf nicht zu antworten, lieber Werner, denn ich kenne die Antwort aus unzähligen Kriminalfällen.

Männer genießen und schweigen. Wir Frauen übrigens auch!"

„Warum aber sollte Wanda nicht existierende Kinder herbeilügen? Was hätte sie davon?", wehrte ich mich gegen den unausgesprochenen Vorwurf, Wanda blind und vertrauensselig auf den Leim gegangen zu sein.

„Dafür gibt es viele Gründe. Ein Grund könnte sein, um an dein mildtätiges Herz zu appellieren, kurz gesagt, um zu schnorren. Ein anderer – und der erscheint mir der weit plausiblere zu sein –, um einen glaubwürdigen Vorwand zu haben, spätestens zu Mittag bei dir weggehen zu können."

„Ja und? Was hätte sie davon?", erwies ich mich weiterhin als begriffsstutzig.

„Ach Werner. Aus dir wäre nie ein guter Kriminalist geworden. Du hast einfach keine Nase, kein Gespür dafür. Weißt du, was ich glaube? Das Ganze war ein von Anfang an intelligent eingefädeltes Komplott, wo mir nur unklar ist, ob allein von Wanda oder von Wolfgang und Wanda gemeinsam. Denn schau her. Wenn Wanda täglich vor dem Mittagessen weggeht, ist klar, dass sie das Geschirr des Mittag- und auch des Abendessens am nächsten Morgen ungewaschen, vielleicht noch mit inzwischen halbverdorbenen Essensresten bedeckt, in der Küche vorfinden würde. Und was war ihr erstes Tun an diesem Morgen? Na? Streng dein Köpfchen an!"

Ich blickte Luise nur mit großen Augen an. Bei mir war noch immer nicht der Groschen gefallen. „Natürlich abwaschen. Dafür war sie schließlich von Wolfgang engagiert."

„Völlig falsch. Das erste, was sie machte, war ein Foto!", versuchte Luise mir auf die Sprünge zu helfen. „Und wo landete das Foto?"

Jetzt hatte ich es endlich begriffen: „Bei Wolfgang und dann schließlich in seinem Antrag auf Teilentmündigung, wie ich aus dem Gespräch mit dem Richter weiß."

Ich lehnte mich zurück. Das Ganze war nur ein abgekartetes Spiel gewesen? Wanda spielte nur eine erbärmliche Schmierenkomödie? Offenbar. Und ich war darauf hereingefallen. Ein unangenehmer Gedanke!

„Das kling wirklich recht überzeugend, würde der Richter zum Staatsanwalt sagen", lobte ich Luise. „Wie steht es aber mit der Geschichte unter der Dusche?"

„Da bin ich mir auch nicht so ganz schlüssig", antwortete Luise nachdenklich. „Hier ging die Initiative ja von dir aus, war also wohl nicht geplant. Hätte sie ein verfängliches Video angestrebt, so hätte sie dir wohl schöne Augen gemacht und dich so verführt, dass man es als Außenstehender als Nötigung oder Vergewaltigung hätte werten können. Was hättest du etwa gemacht, wenn sie dich ganz offen zu Sex aufgefordert hätte, zu hartem Sex? Wenn sie verlangt hätte, dass du sie mit Seilen ans Bett fesselst und dann nimmst? Wenn sie dir vorgespielt hätte, dass sie auf die harte Tour steht, Schläge braucht, um zum Orgasmus zu kommen, und das alles auf Film bannen will?"

„Ich hätte wohl nicht widerstehen können", gestand ich, ohne dabei übermäßig zerknirscht zu wirken oder Reue zu zeigen. „Ich bin zwar schon über 70, bin aber noch immer an Sex interessiert, auch an mir bisher unbekannten Spielarten ,Liebe zu machen' und stehe dabei noch immer meinen Mann!"

Luise lächelte nur in sich hinein und fuhr fort, ohne auf mein Geständnis und angeberisches Gehabe einzugehen: „Da sie das nicht machte – oder verheimlichst du mir hier etwas? –, nehme ich an, dass die Sache mit der Dusche nicht im Drehbuch stand, sondern auch für Wanda überraschend kam. Wie erzähltest du: sie willigte nicht gleich ein?"

„Ja, so war es."

„Weißt du, ob sie in der Bedenkzeit ein Telefonat führte? Ob sie vielleicht Wolfgang – so sie mit ihm unter einer Decke steckte, wäre das naheliegend – anrief um zu fragen, was sie tun solle?"

„Das weiß ich nicht, da ich ja nicht dauernd hinter ihr herlief. Und da die Wohnung sehr groß ist, hätte sie ohne weiteres in einem der Zimmer telefonieren können, ohne dass ich das hätte hören müssen."

Luise dachte lange nach, bis sie endlich antwortete: „Da wir keinen Zugriff auf dieses Telefon haben, kommen wir so nicht weiter. Ginge es hier um Mord und Totschlag, so hätte ich früher Wandas Handy wie auch Wolfgangs Handy beschlagnahmt und den Telefonverkehr zwischen den beiden überprüft. Aber ich stehe nicht mehr im Beruf und mir fehlen daher heute diese Mittel. Lass uns gemeinsam einen Schlachtplan entwerfen."

Kap_20 Schlachtplan

Auf Luises Geheiß holte ich ein Blatt Papier und wir begann in einer Art Brainstorming eine noch ungeordnete To-Do-Liste als Grundlage für die Entwicklung eines Schlachtplans aufzuschreiben:

Wanda finden

Auf den Brief antworten

Wolfgang beschatten

Rechtsinformationen zum Thema Entmündigung einholen

Rechtsinformationen zum Thema Erbrecht einholen

Eine Haushaltshilfe suchen

Ärztliche Atteste einholen

Entscheidungsmöglichkeiten samt Konsequenzen durchdenken

Wir begannen unsere Diskussion mit dem letzten Punkt:

„Ich sehe, liebe Luise, zunächst die einfachere Möglichkeit, nämlich nachzugeben: Ich ziehe zu dir ins Pensionistenheim …"

„… zu mir?", fragte Luise offenbar ehrlich überrascht nach. „Ist das ein Antrag? Den muss ich im Moment ablehnen. Mein Appartement ist nicht für zwei Personen konzipiert. Schon der Besuch meines jungen, gut gebauten Hausfreundes ist angesichts des nur 90 cm breiten Bettes jedes Mal eine Herausforderung. Auf dem Tisch oder auf dem Boden am Balkon wäre mehr Platz für unsere Liebesspiele. Ich müsste dann aber die Markise ausfahren, da auch er – so wie du – nicht gerne bei seinem Tun beobachtet wird", gab sich Luise von ihrer frivolen Seite.

„Also gut: Ich ziehe in irgendein Pensionistenheim. Dann wird die Wohnung frei und ich kann sie Wolfgang wie gewünscht überschreiben. Er würde sie nach meinem Tod sowieso bekommen."

„Nicht unbedingt. Du kannst ihn enterben oder auf seinen Pflichtteil reduzieren. Für Ersteres brauchst du aber wirklich triftige Gründe. Da wird es wohl nicht genügen, dass ihr seit einigen Jahren die Geburtstage nicht mehr gemeinsam gefeiert habt."

„Ich weiß", gab ich Luise Recht. „Deswegen habe ich ja auch den Punkt ‚Rechtsinformationen zum

Thema Erbrecht einholen' in unsere Liste aufgenommen."

„Dazu kommt noch", ergänzte Luise, „dass du nach eigenen Worten noch an Frauen interessiert bist, also dich vielleicht ein zweites Mal bindest, vielleicht an eine Frau, die selbst Kinder hat. Das macht das Vererben dann noch komplizierter."

„Eben. Aber an Frauen interessiert zu sein, heißt nicht automatisch, sich binden zu wollen. Wie sagten wir Rotzbuben in meiner Schulzeit frech: ‚Wer ein Glas Milch trinken will, muss nicht gleich die ganze Kuh kaufen.' Mein Sohn Wolfgang lebt offenbar seit langem nach dieser Devise."

„Meine beiden älteren Töchter auch – leider. Nur meine jüngste hat geheiratet und mir zwei Enkel geschenkt. Du kennst die beiden ja."

„Zu deinem Einwand, liebe Luise, mit einer nochmaligen Verehelichung passt, dass sich auch Wolfgang binden könnte", spann ich meine Gedanken weiter. „Dann bekommt nicht nur unser Sohn das, was Amalie und ich in Jahrzehnten harter Arbeit geschaffen haben, sondern auch irgendeine Frau, die wir nicht einmal kennenlernen durften."

„Amalie nicht, aber du vielleicht schon", entgegnete Luise. „Es könnte sich, und das wäre recht naheliegend, um Wanda handeln. Berufsbedingt suche ich immer nach einem Motiv. Lass mich diesbezüglich einmal ein wenig fantasieren: Wolfgang hat

Wanda irgendwann als hübsche und willige Urlaubsbekanntschaft kennengelernt. Wanda ist aber eine berechnende Frau, die genau weiß, was sie will: nämlich Wolfgang nicht nur als vorübergehende Urlaubsbekanntschaft. Wolfgang als ungebundener, auf Grund der exklusiven Reiseziele und seines Berufes als Arzt offenbar wohlhabender Mann erscheint ihr eine höchst erstrebenswerte Beute zu sein."

„Irgendwann", spann Luise ihre Geschichte weiter, „nach einigen Wochen oder vielleicht sogar Jahren, findet sie heraus, dass Wolfgangs Ordination bei weitem nicht so gut geht, wie sie meinte. Dass er in Wahrheit große finanzielle Probleme hat und ein Angeber ist. Kurz: Dass sie ihre besten Jahre als Frau einem Looser gewidmet hat. Seine Ausreden, dass er nur deswegen nicht als Wahlarzt erfolgreich ist, weil die wirklich finanzkräftigen Patienten nicht in seine kleine, wenig vornehme, ungünstig gelegene Ordination kommen wollen, hat sie langsam satt. Ebenso sein ewiges Hinhalten, dass er sie nicht heiraten könne, solange er nicht auf sicheren finanziellen Beinen stehe. Auch sein Gejammere, dass er seinen Eltern ja nicht die schöne, große Wohnung wegnehmen könne, kann sie nicht mehr hören. Mit der Wohnung wäre alles anders, sagt er immer wieder. Die ist heute gut und gern zwei Millionen wert. Dort könne man gleichzeitig wohnen und die Ordination haben. Aber leider: Die Eltern wollen nicht mit ihm die Wohnung tauschen."

„Toll", sagte ich voll ehrlicher Bewunderung, „wie ihr Kriminalisten Geschichten erzählen – oder sollte ich sagen: erfinden – könnt, mit denen ihr dann bislang unbescholtene Personen an den Galgen bringt."

„Blödsinn", entgegnete Luise schroff. „Den Galgen gibt es bei uns schon lange nicht mehr. Nicht einmal für brutalste Massenmörder, die ihn weiß Gott mehr als verdienen. Aber ich, die ich mit solchen Kreaturen zu tun hatte, habe nichts mitzureden. Das tun Leute in der Politik unter Berufung auf sogenannte Grundwerte, die wieder andere Leute auf Grund ihrer ganz persönlichen Interessen und Einstellungen als Grundwerte postuliert haben, wobei sie sich teilweise auf Wesen berufen, deren Existenz in keinster Weise gesichert ist und die sie Götter nennen. Aber lassen wir dieses gleichermaßen unerfreuliche wie komplizierte Thema."

„In einem hast du zweifelsohne Recht", setze sie beim ursprünglichen Thema fort. „Wir Kriminalisten müssen Fantasie haben, müssen uns in die Gefühlswelt und Denkmuster anderer Personen hineindenken können. Das ist natürlich immer alles spekulativ. Aber indem man eine Fülle solcher denkbaren Szenarien erfindet, erstellt man Hypothesen, die man dann anhand der Fakten falsifizieren oder verifizieren kann. Schlussendlich ist deren Beurteilung dann die Aufgabe des Staatsanwaltes und Gerichts, nicht mehr der Kriminalpolizei."

„Gut", versuchte ich das Thema wieder zu wechseln, „lassen wir den Galgen und kehren wir zu Wanda zurück. Denn irgendwie scheint sie eine, wenn nicht sogar die zentrale Rolle in unserem Spiel zu spielen. Wenn deine hypothetische Geschichte zutrifft, dann sollte sie doch wohl auf irgendeinem der Urlaubsfotos abgebildet sein."

„Zudem muss ich gestehen", ergänzte ich, „dass sie mir, als sie damals unangekündigt vor meiner Tür stand, irgendwie bekannt vorkam. Aber ich kam nicht und nicht drauf, von wo. Und jetzt, wo sich ihr Bild bei mir eingebrannt und ältere Engramme in meinem Gedächtnis überlagert hat, wird das auch nicht mehr passieren."

„Was sagtest du eben – eingebrannt?", zeigte sich Luise überraschend interessiert an meinem Gedächtnis. „Das bringt mich auf eine wunderbare Idee."

Kap_21 Ein Test

„Mach bitte deine Augen zu", bat mich Luise mit sanfter Stimme, „und öffne sie erst wieder, wenn ich es dir sage."

„Einverstanden – wenn es nicht zu lange dauert und du meine Wehrlosigkeit nicht ausnützt."

„Wie soll ich das schon wieder verstehen? Wie die typische Antwort erfahrungshungriger Mädchen, die gerne der Einladung eines neuen Bekannten auf einen Kaffee in seine Wohnung folgen, wobei sie – scheinheilig – vorher ausdrücklich sagen, dass dies nicht ausgenützt werden dürfe. Indem sie die Tat bereits ansprechen, reden sie diese bewusst herbei. Sie wollen, dass die Situation ausgenützt wird. Nur sind sie dann manchmal nicht mit der Art und Weise einverstanden, wie die Situation ausgenützt wird. Dass nicht nur der neue Bekannte selbst, sondern auch gleich sein Bruder, der bei ihm wohnt, sich allein oder gemeinsam mit seinem Bruder an ihr bedient, das war nicht einkalkuliert. Ich habe mit der Analyse solcher angeblichen oder echten Missverständnisse in #MeToo-Fällen oft genug zu tun gehabt."

„Aber kommen wir zu dem Experiment, das ich in meinem Beruf manchmal bei Zeugen anwandte, um deren Zuverlässigkeit zu testen. Ich werde dir nun Fragen stellen, die du ehrlich und ernst – so gut du eben kannst – beantworten sollst. Das ist kein Spiel, sondern ein richtiger und wichtiger Test", beschwor mich Luise, um dann doch mit einem Schmunzeln zu ergänzen: „Den Lügendetektor lassen wir dabei ausnahmsweise außen vor."

„Einverstanden. Aber ich dachte, wir wollten ernst bleiben."

„Welche Haarfarbe hat mein Enkelsohn?"

„Ich würde sage: Sandfarben – aber das kann auch vom Sandspielen kommen."

„Bitte nur kurze, klare Antworten, keine mehr oder weniger witzigen Kommentare."

„Welche Farbe hatte das Kleid, das ich zur Teatime trug?"

Ich musste nachdenken. Damals fiel mir vor allem auf, wie es trotz seiner Schlichtheit Luises Figur positiv betonte, dass es seitlich geschlitzt war und ein sehr tiefes Dekolleté hatte. „Ich weiß es nicht mehr. Irgendwie schlicht, ohne grelle Farbe."

„Gut. Dann frage ich etwas, auf das Männer mehr achten als auf die Farbe. Konntest du meine Beine sehen?"

„Ja, jedenfalls teilweise, weil das bis zu den Knöcheln reichende Kleid auf der rechten Seite bis weit herauf geschlitzt war", antwortete ich wie aus der Pistole geschossen.

„Schau, schau. Ein Mann, der weiß, wo er hinschauen will. Wie sah das Kleid im Brustbereich aus? Gabe es dort irgendwelche Auffälligkeiten, etwa Zierstickereien?"

„Weiß ich nicht mehr. Viel kann dort nicht gewesen sein, weil das Dekolleté weit ausgeschnitten war. Als Ersatzantwort könnte ich als Zierde nennen: weißer BH mit Brüsseler-Spitzenbesatz der Körbchengröße B2."

„Falsch: B1. Zudem bitte ich dich nur Antworten auf meine Fragen zu geben, und auf sonst nichts.

Weiter: Hielt ich damals meine Teetasse mit der linken oder rechten Hand?"

„Puh, du stellst Fragen. Warum stellst du nicht gleich die Frage, ob du Links- oder Rechtshänderin bist? Die könnte ich beantworten. Du schreibst mit der rechten Hand."

„Was auch nicht bedeutet, dass ich von Natur aus Rechtshänder bin. Die meisten Linkshänder wurden umgeschult, jedenfalls zu meiner Schulzeit. Die richtige Antwort wäre gewesen: Ich hielt die Teetasse in der linken Hand, weil ich ja mit der rechten die Gabel führte, um den Apfelstrudel essen zu können."

„Ich frage dich nun nicht weiter, etwa wie weit die Markise ausgefahren war oder ob die Liege auf der Terrasse zusammengeklappt war oder welche Farbe das Tischtuch hatte."

„Gott sei Dank. Sind wir also fertig? Habe ich den Test bestanden?", hakte ich sofort hoffnungsvoll ein.

„Nein, sind wir nicht. Das war jetzt nur das Vorgeplänkel, damit ich dich in deiner Qualität als Zeuge beurteilen kann. Und zu deiner zweiten Frage: Ein absolut zuverlässiger Zeuge bist du wahrlich nicht. Das kann ich leider nicht ändern."

„Jetzt kommen wir zu dem, worauf ich eigentlich abziele: Ich benötige eine Personenbeschreibung von Wanda, um einen Steckbrief zu erstellen."

Kap_22 Ein Steckbrief

„Die folgenden Fragen beziehen sich nun auf Wanda. Klar?"

„Klar."

„Wie groß ist sie – etwa im Vergleich zu dir?"

„Sie ist etwa 5 cm kleiner, misst also etwa 1,70 Meter."

„Wie ist ihr Körperbau? Mager, schlank, rundlich, dick? Oder gar extrem dick, fettsüchtig, oder extrem dünn, magersüchtig? Erinnere dich!"

„Schlank."

„Jetzt etwas Leichtes für dich als Mann. Wie ist der Busen? Flach, normal, üppig, überquellend, ...?"

„Gemäß meinem ersten Eindruck hätte ich üppig gesagt. Nach meinem erotischen Empfinden in der Dusche muss ich auf normal oder sogar mager korrigieren. Mit Push-Ups kann eine Frau uns Männern ganz schön etwas vorschwindeln."

„Welche Haarfarbe hatte sie?"

„Immer gleich: blond. Aber ich glaube, dass dies nicht ihre natürliche Haarfarbe ist. Denn Frauen mit naturblonden Haaren haben meist blaue oder graue Augen. Sie aber hatte dunkelbraune, fast schwarze."

„Danke. Das wäre meine nächste Frage gewesen. Schön, dass du ihr so tief in die Augen geblickt

hast", versuchte Luise die Fragerei ein wenig auf-
zulockern. „Hat sie ein rundliches, ovales oder ein
eckiges, kantiges Gesicht?"

„Oval."

„Hat sie einen langen Hals oder eher einen gedrun-
genen Nacken?"

„Ihr Hals war sehr lang, fast wie bei einem
Schwan."

„Sehr gut. Etwas so Charakteristisches wird uns bei
der Suche enorm helfen. Hat sie große oder kleine,
abstehende oder anliegende Ohren?"

„Das weiß ich nicht. Die waren praktisch immer
unter den halblang getragenen Haaren verborgen."

„Danke. Du hast mir schon wieder meine nächste
Frage beantwortet. Bedeutet deine Antwort, dass
man nicht sehen konnte, ob sie Ohrringe trug?"

„Nein. In ihrem rechten Ohr – oder war es ihr lin-
kes? Nein, es war das rechte – trug sie einen riesi-
gen Reif. Ich würde sagen: ein billiges Stück oran-
gefarbenes Plastik von gut 8 cm Durchmesser.

„Wechselte sie diesen Schmuck öfters?"

„Ich habe immer nur den gesehen. Mag sein, dass
sie zu einem abendlichen Theaterbesuch etwas Ed-
leres anlegte."

„Sehr gut. Kommen wir zu einem weiteren charakteristisches Erkennungsmerkmal. Wie waren ihre

Hände? Eher lang und schmal oder eher dick und kurz?"

„Mittel? Jedenfalls erschienen sie mir immer sehr gepflegt und ich fragte mich, wie sie das als Haushaltshilfe über die Jahre hinkriegt, noch dazu wo sie meist keine Handschuhe trug."

„Interessant. Das spricht dafür, dass sie den Beruf eben gar nicht ausübt, sondern ihn nur vorgetäuscht hat, um zu dir in die Wohnung zu können und dort Fotos zu machen."

„ …. und mich unter der Dusche zu verführen. Deswegen könnte ich dir auch Fragen beantworten, die du wohl nicht stellen wirst, etwa, ob sie rasiert ist. Nein, ist sie nicht. Ich schwöre, Frau Kommissar."

„Lass die Scherze! Könnte es sein, dass sie keine Arbeitshandschuhe trug, weil diese Probleme mit ihren Ringen heraufbeschwören würden? Trug sie überhaupt Ringe an den Fingern?"

„Schon, jedenfalls einen. Aber das war einer mit einem großen Klunker, also sicher kein Ehering. Ich weiß das noch, weil ich mich damals wunderte, dass sie zwei Kinder hat, aber keinen Ehering trägt. Aber wirklich verdächtig kam es mir nicht vor, weil ja viele Verheiratete heute keinen Ehering tragen. Das erinnert mich übrigens daran, dass ich meinen abnehmen soll. Er entspricht nicht mehr meinem Familienstand."

Ich zog den Ring ab und steckte ihn ein.

„Noch eine letzte Frage, obgleich man diese ja Frauen betreffend nicht stellen soll. Wie alt schätzt du Wanda? Schätzen, nicht berechnen unter der Annahme, dass sie zwei schulpflichtige Kinder hat? Die Annahme ist ja unbestätigt."

„Ich würde sagen so zwischen 30 und 35. Aber die Kosmetik kann wahre Wunder bewirken, wie wir täglich bei den im Fernsehen agierenden Damen und Herren sehen."

„Danke, Werner. Du kannst nun wieder die Augen öffnen."

„Wozu musste ich überhaupt meine Augen schließen? Du hast nichts gefragt, was ich hier und jetzt durch Hinschauen hätte beantworten können, etwa welche Farbe dein heutiges Kleid hat."

„Das wäre ein triftiger Grund gewesen, war es aber nicht, wie du richtig bemerkst", antwortete Luise. „Es geht um die Konzentration auf jene Bilder, die schon in deinem Kopf sind. Jede Überlagerung mit dem, was du gerade anschaust, soll ausgeschlossen sein."

„Das machst du übrigens wohl auch sonst, beim Musikhören, Riechen am Weinglas, Betasten von Oberflächen bis hin zum Sex. Du schaltest den Sehsinn, der immerhin gut zwei Drittel deiner Informationsbandbreite belegt, bewusst aus, um die anderen Sinneseindrücke bewusster wahrzunehmen."

„So. Und jetzt werden wir gemeinsam einen Steckbrief erstellen", ergänzte Luise ganz in ihrem Metier.

„Wozu?", wollte ich wissen. „Willst du ihn auf der Straße aushängen wie den, den ich unlängst an einem Zaun sah?"

Foxterrier, Rüde, 8 Jahre alt, auffällig weißer Fleck auf der Brust, am 20.6. entlaufen. Finderlohn: 1000.--.

„Oder gibst du ihn an deine noch im Beruf stehenden Kollegen weiter mit der Bitte um Hilfe?"

„Natürlich nicht. Er soll mir und auch dir helfen Wanda zu finden. Ich stelle mir das so vor, dass wir nochmals alle uns verfügbaren Fotoquellen durchsuchen. Jede Frau, die dem Steckbrief einigermaßen entspricht, kennzeichnen wir und lassen sie mit dem Gesichtserkennungsprogramm, das jede gute Bildbearbeitungssoftware heute enthält, in all unseren Verzeichnissen suchen. Dabei finden wir dann hoffentlich auch andere, ähnlich aussehende – vielleicht auch Wanda. Wir machten das bei der Polizei seit vielen Jahren mit großem Erfolg, wobei unsere Bildbestände natürlich sehr viel größer sind als deine."

„… und eure EDV sehr viel leistungsfähiger ist als mein Laptop", musste ich meinen Senf dazugeben.

„Denkste", war Luises knappe Antwort. „Leider haben die Kriminellen oft eine bessere Ausrüstung."

Ich gab mich geschlagen. Kurze Zeit später hatte Luise unseren Steckbrief fertig:

Gesucht wird Frau, 30 bis 35 Jahre alt, ovales Gesicht, schwanengleicher Hals, auffälliger oranger Reif von etwa 8 cm Durchmesser im rechten Ohr, dunkle Augen, blonde Haare.

„Aber da fehlen ja noch einige Merkmale", protestierte ich.

„Schon. Aber erstens bin ich dahingehend geschult, dass Steckbriefe nicht zu viele Details enthalten sollen. Sieben reichen. Zweitens sind sogar diese für das, was wir vorhaben, zu viele. Das Gesichtserkennungsprogramm kann mit der Altersangabe wohl nicht viel anfangen, weil es sich an der Geometrie des Gesichtes orientiert. Obwohl: Auch diese ändert sich mit dem Alter nach gewissen Gesetzmäßigkeiten. Wir haben Programme, die dies berücksichtigen. Das hilft uns bei der Suche nach jahrelang Abgängigen, insbesondere Kindern."

„Im Übrigen werde ich dich nun verlassen. Es ist schon ganz schön spät geworden. Da du nur einen Computer besitzt, kann sowieso nur einer arbeiten. Ich bin dabei überflüssig."

Kap_23 Die Suche im Heuhaufen

Minuten später saß ich wirklich allein vor dem Computer. Obwohl der Luster unverändert hell brannte, schien mir die Wohnung plötzlich sehr viel dunkler und gähnend leer. Ich fühlte mich einsam. Luise fehlte mir. Ohne jeden Zweifel.

Zum Glück lenkt Arbeit einem von allzu viel Grübeln ab. Bis weit nach Mitternacht stöberte ich in den Verzeichnissen. Dabei zog ich auch die Verzeichnisse heran, welche Amalie in weiser Voraussicht für die Erstellung ihrer Fotobücher aus der Cloud auf USB-Sticks gesichert hatte. Und so konnte ich auch in jenen Urlaubsfotos von Wolfgang fahnden, die schon lange nicht mehr in seiner Cloud aufrufbar waren.

Und dann war es soweit. Endlich! Heureka! Ich hatte Wanda gefunden. Es waren Bilder von der Insel Bandos vor zwei Jahren. Ihre Haare waren damals deutlich länger. Aber es war sie. Ganz sicher. Auf drei Bildern war sie eindeutig identifizierbar.

Ich jubelte und wollte schon zum Telefon greifen. Aber ein Blick zu unserer Standuhr – es war 03:32 – ließ mich innehalten. Luise würde wohl nicht in meinen Jubel einstimmen, jedenfalls nicht jetzt. Ich kopierte noch schnell die drei Fotos direkt auf den Desktop und druckte sie aus.

Dann fuhr ich den Computer herunter und legte mich voll Stolz über meinen Fahndungserfolg zur Nachtruhe – fand sie aber leider nicht. Ich war zu aufgeregt. Wanda und Luise geisterten durch meinen Kopf und Körper und ließen mich nicht einschlafen.

Es muss schon früher Morgen gewesen sein, als ich dann doch endlich eingeschlafen war. Aber der Schlaf dauerte nicht lange. Pünktlich um 8 Uhr läutete mein Handy.

„Schönen guten Morgen. Gut geschlafen?", hörte ich Luises sehr muntere Stimme.

Ich grunzte nur ein unfreundliches „Nein" in das Mikrofon.

„Oh, entschuldige. Habe ich dich zu früh angerufen?"

„Hast du, ja. Aber du konntest ja nicht wissen, dass ich bis fast vier Uhr früh gesucht habe und dass dann du und Wanda mir den verdienten Schlaf geraubt habt."

„Ja, so sind wir Frauen eben", war ihre kokette Antwort. „Und? War dein Schlaf verdient? Spann mich nicht auf die Folter! Hast du Fotos von Wanda gefunden?"

„Hab ich", brummte ich noch immer müde und griesgrämig in das Mikrofon.

„Wunderbar", war Luises Antwort. „Jetzt bin ich dran mit der Suche im Heuhaufen."

„In welchem Heuhaufen?", fragte ich noch immer nicht ganz munter und zurechnungsfähig.

„Meine Güte, bist du manchmal begriffsstutzig. Gestern hast du im Heuhaufen der vielen Fotos Wanda gesucht, heute mache ich das im Heuhaufen der vielen Häuser, den man Stadt nennt. In einer Stunde bin ich bei dir und hole mir die Fotos. Bitte druck sie schon für mich aus."

„Ist schon geschehen", war meine zunehmend freundlichere Antwort. Denn ich freute mich wirklich, dass Luise mich wieder aufsuchen wollte.

Eine knappe Stunde später klingelte es. Es war Luise, die, obwohl auch nicht mehr ganz jung, wie ein Wirbelwind hereinstürmte. Ihr Jagdtrieb war offenbar wieder erwacht und sie hatte die Fährte aufgenommen.

„Hallo, lieber Werner", zwitscherte sie wie ein eben erst flügge gewordener Vogel, um aber gleich geschäftlich zu werden. „Wo sind die Fotos?"

Mir wäre eine etwas herzlichere Begrüßung nach meinen feuchten Träumen in dieser Nacht lieber gewesen, aber was sollte ich tun, als ihr die Fotos auszuhändigen. Sie betrachtete diese eingehend, so, als wolle sie sich jeden Gesichtszug unauslöschlich einprägen.

„Eine hübsche Frau, nicht?", versuchte ich ins Gespräch zu kommen.

„Ja. Wolfgang hat einen guten Geschmack."

„Man sieht aber nur die schöne Hülle, die Verpackung! Unter dieser sieht es, so wie wir das jetzt sehen, wohl weniger schön aus."

„Möglich. Aber das wissen wir nicht", widersprach Luise. „Denn ohne dir eine weitere fantasievolle Hypothese in ihrer ganzen Breite auftischen zu wollen: Es kann doch auch so gewesen sein, dass Wolfgang wirklich nur nach einer Haushaltshilfe für dich gesucht hatte, und zwar nach einer ehrlichen. Was liegt näher, als jemanden zu engagieren, den man lange kennt und vertraut, also etwa Wanda."

„Ja, das klingt plausibel", musste ich zugestehen.

„Genau. Denn man kann heute wirklich nicht vorsichtig genug sein, wie ich aus meinem Berufsleben weiß. Nicht wenige dieser Putzteufel sind unehrlich, einige wenige sogar schwer kriminell."

„Ich kenne da zum Beispiel einen Fall, wo eine Akademiker-Familie aus beruflichen Gründen für ein Semester ins Ausland übersiedeln musste. Um die Villa und den schönen Garten in Schuss zu halten, engagierten sie auf Grund eines Inserates eine Frau, die ihnen Vertrauen erweckend erschien. Als die Familie nach einem halben Jahr zurückkam, war die Villa völlig leer geräumt. Völlig! Sogar die vergoldeten Armaturen in den Bädern waren abmontiert worden."

„Ja, eine wahrlich nette Überraschung."

„Unsere Nachforschungen ergaben, dass die Täter – es war ein ganzer Clan – mit einem Kleinlaster mehrmals vorgefahren waren und nach und nach alles weggeführt hatten. Die Nachbarn hatten keinen Verdacht geschöpft, weil alle Männer in Overalls steckten, die die Beschriftung ‚Übersiedlungen Müller' trugen."

„Und", wollte ich wissen, „hat man sie geschnappt?"

„Nein. Es war alles perfekt organisiert. Der Ausweis der Frau war perfekt gefälscht. Wir konnten das nachvollziehen, weil der Professor – er war ja nicht dumm – eine Kopie des Ausweises gemacht und in seiner Cloud gespeichert hatte. Obwohl auch alle seine Computer verschwunden waren, hatte er so noch Zugriff auf viele der wichtigsten Daten."

„Das Kennzeichen des Autos hatte sich leider niemand der Nachbarn notiert. Wahrscheinlich war es aber ohnehin gestohlen. Die Overalls sahen absolut professionell aus und die Firma gibt es wirklich, wenn auch nicht in dieser Stadt. Das wäre vielleicht doch ein zu großes Risiko gewesen. Und nichts von all dem geschah heimlich oder gar in der Nacht. Nein, zur üblichen Arbeitszeit räumten die Leute seelenruhig die Villa aus."

„Als dann doch einmal ein Nachbar einen der Männer fragte, wie es dem Professor ginge, erhielt er fast akzentfrei in bestem Hochdeutsch die seelenruhige Antwort, dass dieser das Auslandssemester auf unbestimmte Zeit verlängern konnte und sich daher dort häuslich einrichten wolle. Deshalb wären sie beauftragt worden, einiges Mobiliar nachzuschicken. Auch das war geschickt eingefädelt. Wären sie mit einem großen Möbelzug vorgefahren, hätte es nach einer Totalräumung ausgesehen. Aber so war alles glaubwürdig. Frechheit siegt!"

„Ja leider", bekräftigte ich, unterließ es aber, eigene Erlebnisse aus meinem privaten Erfahrungsschatz und beruflichen Umfeld einzubringen.

„Warum ich dir das erzählte?", fuhr Luise fort: „Auch damals suchten wir im sprichwörtlichen Heuhaufen nach den exquisiten antiken Möbeln und den teuren Ölgemälden. Obwohl wir von der Haushaltsversicherung exzellente Dokumentationsfotos erhielten und diese an Kunstgalerien, Händler und Auktionshäuser, ja sogar Museen versandten, blieb diese gemeinsame Suche vergeblich. Bis zu meinem Abgang in die Pension war nichts davon wieder aufgetaucht Wir müssen uns also klar sein, dass auch wir mit Wandas Fotos noch lange nicht sie selbst gefunden haben. Die Suche im Heuhaufen namens Stadt hat erst begonnen."

Kap_24 EXIF

„Und wo, liebe Luise, willst du mit dem Suchen beginnen?", fragte ich gespannt.

„Zunächst bei dir, lieber Werner", war ihre Antwort. „Bitte starte deinen Laptop, damit ich mir die Fotos genauer ansehen kann."

„Hat es dir nicht gereicht, dass ich sie formatfül-lend auf je einem A4-Blatt ausgedruckt habe? Aber natürlich kannst du dort noch weiter hinein zoomen und noch genauer schauen", sagte ich ein wenig är-gerlich darüber, dass sie mit den von mir auf Hoch-glanz-Fotopapier gelieferten großformatigen Fotos offenbar nicht zufrieden war.

„Bitte fühle dich nicht kritisiert und sei nicht gleich eingeschnappt! Deine Fotoausdrucke sind perfekt. Ich will sie gar nicht weiter vergrößern oder gar mit einer Lupe betrachten, sondern ich will die EXIF-Daten der Fotos auslesen."

„Was ist denn das schon wieder?", gestand ich vor-schnell meine Unwissenheit ein. Jetzt rächte sich bitter, dass ich das Thema Fotos seit der Umstel-lung auf Digitalfotografie ganz Amalie überlassen hatte.

„Nun, das sind zusätzliche Daten, die der Fotoap-parat gemeinsam mit den eigentlichen Bilddaten abspeichert, wie etwa die verwendete Blende und Verschlusszeit, oder etwa das Datum und die Uhr-zeit der Aufnahme. Nur an den beiden letztgenann-ten Angaben bin ich interessiert. Ich hoffe instän-dig, dass die Originalfotos nicht mit einer Analog-kamera gemacht wurden. Denn dort gibt es diese Informationen nicht."

„Und was heißt EXIF?", fragte ich nach. „Ich will ja schließlich etwas von dir lernen!"

„So genau weiß ich es auch nicht", musste Luise eingestehen. „Vielleicht steht sie als Abkürzung für ‚EXposure Information File' oder ‚EXtra Information File', wo die Anfangsbuchstaben zusammengezogen wurden. Wenn du es genau wissen willst, frag Dr. Google! Der weiß auf fast alles eine Antwort."

Luises Worte waren Balsam auf meinen angeschlagenen Stolz. Auch sie wusste nicht alles. Zudem: Ich hatte immer nur analog fotografiert, ganz am Beginn sogar in der eigenen Dunkelkammer selbst entwickelt. Die Digitalfotografie habe ich dann ganz Amalie überlassen. Die hätte wissen müssen, was eine EXIF-Datei ist, ich nicht! Ich fühlte mich rehabilitiert!

Inzwischen war der Laptop hochgefahren und Luise nahm davor Platz. Mit irgendwelchen Mausklicks, die sie so schnell machte, dass ich ihnen nicht folgen konnte, zauberte sie eine Tabelle mit vielen zusätzlichen Informationen zu jedem der Fotos auf den Bildschirm des Computers. Tatsächlich waren in der Tabelle neben unzähligen anderen Informationen jeweils auch Datum und Uhrzeit aufgelistet.

„Leider ist es so", belehrte mich Luise schon wieder, „dass man diese Daten unschwer ändern kann. Das haben viele Rechtsbrecher – meist vergeblich – versucht, um sich ein Alibi zu verschaffen. Daher kenne ich mich hier ganz gut aus."

Ich leider nicht, dachte ich, vermied es aber nochmals vorschnell meine Ahnungslosigkeit offen zuzugeben.

„Da ich hier aber keinen plausiblen Grund für eine Manipulation der EXIF-Daten sehe, gehe ich davon aus, dass sie korrekt sind. Nur bei der Uhrzeit bin ich skeptisch, weil viele Urlauber darauf vergessen, die Kamera auf die jeweilige Lokalzeit umzustellen."

Endlich konnte ich Luise beweisen, dass auch ich nicht ganz unwissend bin. „Weißt du auch, liebe Luise, warum manche Urlauber ganz bewusst nicht ihre Uhren umstellen, wenn sie in diese ferne Gegend reisen, etwa nach Indien oder Sri Lanka oder eben die Malediven?"

„Na, du wirst es mir hoffentlich sagen. Ich war nämlich noch nie in dieser Gegend."

„Weil man auch die Minuten korrigieren muss. Die Zeitdifferenz zwischen uns und dem Archipel der Malediven, in dem die Insel Bandos liegt, und der UTC ist nämlich +5 Stunden, zu Sri Lanka oder Indien aber +5:30. Solche Halbstundenverschiebungen gibt es meines Wissens sonst nirgends."

Nachdem mein männlicher Stolz so endgültig wiederhergestellt war, wollte ich von ihr Näheres wissen. „Wozu brauchst du die Daten?"

„Betriebsgeheimnis, lieber Werner. Wenn es klappt, erfährst du es natürlich als Erster."

So ein Biest, dachte ich wütend. Lässt mich ohne jede Notwendigkeit schmoren. So hatte ich mir unsere Zusammenarbeit nicht vorgestellt.

Kap_25 Maledivisches Gambit

Vielleicht sehen Sie, liebe Leserin und lieber Leser, inzwischen das Geschehen so wie wir als Schachspiel, in dem Wolfgang der schwarze König, Wanda die schwarze Königin, Luise die weiße Königin und ich der weiße König sind. Die Schachkundigen unter Ihnen wissen, dass es Standarderöffnungen wie etwa die Spanische, die Französische, die Indische usw. gibt, und ebenso zahllose Endspielvarianten. Die hier geschilderte werden Sie kaum finden. Denn ich gebe zu, dass es höchst ungewöhnlich ist, dass die Könige zum Schluss nur mehr von ihren Damen geschützt werden. Zudem nehme ich an, dass der König, der nicht am Zug ist, in einer solchen Situation längst ein Remis angeboten hätte, das vom Gegner in der Regel akzeptiert würde. Sein Gegner kann nämlich normalerweise durch Abtausch der Damen, durch eine Pattstellung, durch die 50-Züge-Regel zu einem Remis gezwungen werden. Die Stellung des im Zugnachteil befindlichen Königs und seiner Dame muss schon sehr ungünstig sein und der König selbst muss schon sehr ungeschickt auf das fortwährende Schach reagieren, sich also in die Nähe des feindlichen Königs drängen lassen, dass er doch noch die Partie verliert.

Um die Parallele zwischen diesem Schachspiel und unserem Spiel deutlicher zu machen. Wir, die weiße Seite, waren noch nicht bereit, das Spiel auf Grund der aktuellen Stellung verloren oder remis zu geben. Um die kleine Chance auf den Gewinn des Spiels zu wahren, mussten wir allerdings ein Dauerschach geben, also stets am Drücker bleiben.

Weil die Ausgangsstellung auf Bandos lag und der erste Schachzug unsererseits von den Malediven hierher in unsere Stadt führt, gab ich dieser Endspielvariante im Nachhinein den Namen Maledivisches Gambit.

Die Ausführung oblag im Wesentlichen meiner Königin, da ich als König, der immer nur ein unmittelbar angrenzendes Feld betreten kann, dafür geistig wie körperlich zu schwerfällig war und bin. Jedenfalls bei diesem ersten Zug.

Ich rede für Sie, liebe Leserin und lieber Leser, in Rätseln? Muss ich leider, weil mich meine Königin Luise auch nur wie folgt – also recht unzureichend und ohne Rückfragemöglichkeit – über den ersten Zug unterrichtet hat.

Hier ihr Bericht von heute, Freitag, 14 Uhr als mehrseitige SMS:

‚Ich suchte zunächst im Internet, welche Hotels es auf Bandos gibt bzw. im August vor zwei Jahren

gab. Diese Zeitangabe habe ich aus den EXIF-Dateien abgelesen. Dabei fand ich heraus, dass es dort nur ein einziges Hotel gibt, weil die ganze Insel eine Hotelinsel ist, die einer einzigen Person gehört. Also habe ich im Hotel angerufen und gefragt, ob man mir weiterhelfen könne bei der Suche nach einer Freundin namens Wanda, die im August vor zwei Jahren dort auf Urlaub war. Zunächst schaltete die Dame in der Rezeption auf stur, als ich nicht einmal Wandas Nachnamen wusste. Erst als ich auch deinen Sohn Wolfgang ins Spiel brachte, von dem ich den Nachnamen nennen konnte und die Rezeptionistin zudem sah, dass dieser dort Unsummen Geld gelassen hatte, ließ sie sich erweichen und nannte den Nachnamen. Er lautet Wolf. Die schwarze Königin heißt also Wanda Wolf. Mit Wandas Telefonnummer konnte die Rezeptionistin nicht dienen, weil Wanda keine angegeben hatte. Und bei der Adresse – man höre und staune – war Wolfgangs Adresse angegeben. Ob Wanda damals wirklich bei Wolfgang wohnte, lässt sich nicht sagen. Da im Pass keine Wohnadresse steht, konnte man im Hotel ohne große Gefahr hinschreiben, was immer man wollte.‘

Da ich mir keine weiteren Informationen in den nächsten Stunden erwartete und ich Luise nicht helfen konnte, besser durfte, schaute ich auf unsere To-Do-Liste, was ich davon inzwischen als nächsten Zug in unserem Maledivischen Gambit erledigen könnte. Da stand etwa:

Rechtsinformationen zum Thema Entmündigung einholen

Das konnte teuer werden. Ich kannte die Stundensätze, die unser Anwalt verrechnete. Da wollte ich mich lieber zuerst selber im Internet schlaumachen, bevor ich um einen Termin zur Klärung der dann noch offenen Fragen bei ihm anfragte.

Dann stand hier noch:

Ärztliche Atteste einholen

Das konnte ich nicht selber im Internet erledigen. Wenn es zu einem Teilentmündigungsverfahren kommen sollte, brauchte ich ordentliche ärztliche Atteste, Befunde mit Unterschrift und Siegel. Da waren Ausdrucke von www.netdoktor.de zu wenig.

Also rief ich bei meinem Hausarzt an und fragte, ob ich noch bei ihm vorbeikommen könne.

Ich konnte. Bei der herrschenden Hitze gingen an einem Freitagnachmittag mit frühem Dienstschluss die Leute lieber in eines der zahlreichen Bäder als zum Arzt. Für mich völlig verständlich.

Kap_26 Beim Arzt

Mein Hausarzt Dr. Schnell empfing mich, wohl der Ausnahmesituation geschuldet, mit höflich entgegen gestreckter Hand in seinem Wartezimmer. Ich hatte es noch nie so gähnend leer, ohne jeden wartenden Patienten gesehen. Er hatte meinen erstaunten Blick richtig gedeutet und meinte, während er mich in die Ordination geleitete:

„Das macht die elendige Hitze, Herr Fuchs. Habe Sie und Ihre Frau Gemahlin übrigens schon lange nicht gesehen, Herr Fuchs. Wie geht es ihr?"

Ich war irritiert. Hatte ich verabsäumt ihm eine Parte zu schicken? Kann sein. Denn immerhin war Amalie schon lange nicht mehr seine Patientin. Seit er ihren Krebs nicht rechtzeitig diagnostiziert hatte, obwohl die Symptome eine solche Diagnose schon dringend nahelegten, hatte sie sich einen anderen Hausarzt gesucht.

„Sie ist leider verstorben – an Krebs", antwortete ich, verbiss mir aber die Bemerkung ‚an jenem Krebs, den sie viel zu spät als Diagnose in Erwägung gezogen hatten'.

„Mein aufrichtiges Beileid, Herr Fuchs."

Sein Ton und seine Mimik ließen darauf schließen, dass er sich nicht mehr daran erinnern konnte und daher auch kein schlechtes Gewissen hatte. Das war wohl auch gut so. Hätte er es, so könnte er wohl nicht mehr ruhig schlafen. Denn sicher war es nicht die einzige Fehldiagnose mit letalem Ende in seiner schon langen Berufspraxis. Ich wollte das Thema auch nicht aufwärmen. Wie heißt es doch in der Bibel: ‚Wer unter euch ohne Sünde ist, der werfe den ersten Stein! (Johannes 8, 7)'.

„Was führt Sie heute zu mir?", setzte er fort.

„Meine Gesundheit, was sonst? Ich habe schon lange keinen Gesundheitsstatus meiner Person erhoben und will das jetzt tun."

„Sie wollen also eine Vorsorgeuntersuchung, wie ihn die Krankenkasse alle paar Jahre bezahlt: Kleines Blutbild, Lungenröntgen, Harnprobe, EKG und internistische Begutachtung?"

„Nein. Ich will mehr als diese fünf üblichen Untersuchungen. Ich möchte ein möglichst großes Blutbild samt Tumormarkern, einen Herzultraschall, ein MRT meines Schädels und meiner Prostata, eine Koloskopie samt Kontrast-Röntgen der Darmpassage. Insbesondere möchtet ich meinen – darf ich einfach sagen – geistigen Zustand durch einen Neurologen und Psychologen begutachten lassen."

„Wozu?", fragte Dr. Schnell. „Sie machen auf mich einen völlig normalen, gesunden Eindruck? Ich habe Sie beim Hereingehen schon beobachtet. Sie gehen kein bisschen unsicher und reden völlig normal."

Ja, so war er, der Dr. Schnell. Er machte seinem Namen alle Ehre. So schnell wie er schaffte kaum ein anderer Arzt seine Patienten quasi im Vorbeigehen zu diagnostizieren, Rezepte auszustellen und wieder aus der Ordination hinauszuwerfen.

Als ich ihn einmal in einer schlechten Stunde nach sehr langem Warten lästig wurde und darauf ansprach, meiner er: ‚Seien Sie froh, Herr Fuchs, dass ich so fix bin. Bei anderen Ärzten hätten Sie doppelt so lange warten müssen. Zudem zahlt mir die Krankenkasse pro Patient nur ein Trinkgeld. Was glauben Sie, bleibt da noch nach Abzug aller Steuern und Kosten für die Ordination über? Na? Wenn ich da nur vier Patienten statt so wie jetzt zwölf pro Stunde verarzte, kann ich Privatkonkurs anmelden.‘ Ich hielt mich damals zurück mit einer Antwort, die seine Yacht, seinen Porsche und seine großzügige Villa ins Spiel gebracht hätte. Ich brauchte ja immer wieder etwas von ihm, etwa eine Krankschreibung und Rezepte allein auf Grund eines Telefonats. Er brauchte von mir nichts. Die Machtverhältnisse und Abhängigkeiten waren also völlig klar.

„Wie Sie wollen Herr Fuchs. Aber Sie wissen schon, dass die Krankenkasse das nicht bezahlt und ich Sie zu mehreren Fachärzten überweisen muss?"

„Ich weiß", sagte ich bitter. „Die Süchtler, egal ob von Nikotin, von Alkohol oder anderen – weicheren und härteren – Drogen abhängig, bekommen monatelange Entziehungskuren bezahlt, obgleich die Rückfallquoten erschreckend hoch sind. Aber ich muss sogar meine Gleitsichtbrillen selbst bezahlen. Empörend!"

„Ja, so ist das", pflichtete mir Dr. Schnell zu, während er schon eilig einige Überweisungsscheine ausfüllte.

„Aber empören Sie sich nicht bei mir. Beschweren Sie sich bei der Politik! Werden Sie den Politikern lästig, die Sie gewählt oder auch nicht gewählt haben. Nur so kann sich etwas ändern!"

Kap_27 Neuer Zug, neues Spiel

Inzwischen war es Samstag geworden, ein drückend heißer Samstag. Ich schwitze, aber nicht nur wegen der mittäglichen extremen Außentemperatur, sondern weil Luise mich dünsten ließ. Keine Nachricht, kein Lebenszeichen von ihr.

Endlich meldete sie sich telefonisch und kam grußlos gleich zur Sache:

„Was glaubst du, mache ich gerade?", flötete sie vergnügt.

„Mich nerven. Ich sitze hier und habe keine Ahnung, was gerade passiert und wie wir weitermachen wollen, um Wanda zu finden?"

„Ich schon", war die kecke Antwort. „Ich mache das, was ich früher oft tun musste: observieren."

„Wen observierst du?"

„Natürlich Wolfgang bei seiner Wohnung. Ist doch klar. Vielleicht wohnt Wanda noch bei ihm, dann wird sie ja wohl irgendwann die Wohnung verlassen und ich sehe sie endlich in Natura. Oder sie wohnt nicht mehr bei ihm, dann ist es naheliegend, dass Wolfgang sie irgendwann in ihrer Wohnung besuchen wird. Und da hefte ich mich an seine Fersen."

„Und das wird er nicht bemerken?"

„Natürlich nicht. Denn erstens rechnet er sicher nicht damit und ist daher unaufmerksam. Zweitens bin ich bei Gott keine Anfängerin. Drittens kennt er mich nicht. Aus den Gründen zwei und drei habe ich den Job nicht dir überlassen können, sondern musste ihn selbst übernehmen."

„Und wenn er mit dem Auto wegfährt? Wie willst du ihm folgen?"

„Mit dem Auto natürlich. Ich habe mir für meine Observation einen Mietwagen genommen, was natürlich diesmal nicht auf Staatskosten, sondern auf deine Kosten geht."

„Du hättest meines nehmen können", warf ich ein, um mir gleich wegen meiner vorschnellen, dummen Antwort auf die Zunge zu beißen. Natürlich konnte sie das nicht nehmen, weil Wolfgang den Wagen kennt.

„Aber heute ist Samstag. Heute hat er keine Ordination und ist vielleicht über das Wochenende weggefahren. Dann wartest du vor einer leeren Wohnung!"

„Das glaube ich nicht. Wie hast du mir erzählt und an einer Skizze verdeutlicht? Das Fenster des einen

Zimmers grenzt an eine laute, verkehrsreiche Straße. Genau dort parke ich im Moment mit Blick auf das Haustor und dieses Fenster. Und ich meinte, hinter den Vorhängen immer wieder Bewegung gesehen zu haben. Also muss jemand in der Wohnung sein. Irgendwann wird diese Person hoffentlich auch herauskommen. Das muss ich aussitzen."

„Erinnerst du dich noch", setze Luise belehrend fort, was ich als die Grundtugend eines guten Kriminalisten bezeichnete? Na?"

„Geduld. Ich hätte zwar als Erstes auf Scharfsinn getippt, aber ich habe brav aufgepasst, wie du siehst. Dennoch ist mir nicht wohl bei dem Gedanken, dass du dort in einem womöglich sehr heißen Auto sitzt und verschmachtest."

„Oh, du sorgst dich um mich? Das tut gut", antwortete Luise vergnügt. „Aber keine Sorge. Ich weiß aus vielen Berufsjahren, wie man sich verhält, dass man für genügend Trinken und Essen vorsorgt und in Tagen mit einer Affenhitze wie heute mit einem kleinen Kühlgerät, das man an den USB-Port oder den Zigarettenanzünder anschließt, über die Runden kommt."

„Soll ich dir vielleicht etwas Kühles, vielleicht ein Eis vorbeibringen?"

„Du sorgst dich ja schon wieder um mich. Danke! Das ist wirklich ganz reizend, weil für Männer ganz untypisch. Aber unterstehe dich. Du könntest die ganze Sache platzen lassen! Wenn es etwas Neues gibt, melde ich mich. Versprochen!"

Kap_28 Im Casino

Es war schon nach 20 Uhr, als sich Luise wieder telefonisch meldete.

„Hallo Werner. Du wirst nicht glauben, wo ich nun bin. Im Speisesaal des Spielkasinos und esse gerade köstlich Nachtmahl – übrigens wieder auf deine Rechnung. Soll ich dir Appetit machen, indem ich dir all die Köstlichkeiten aufzähle? Im Pensionistenheim ist das Essen auch nicht schlecht, aber hält natürlich keinen Vergleich mit dem hier im Casino stand."

„Du Ekel willst mir nur lange Zähne machen, mir, der sich gerade einsam und verlassen zu einem kühlen Bier nur zwei Butterbrote mit Schnittlauch einverleibte."

„Oh, welch boshafte Bezeichnung: ‚Du Ekel'. Ist das dein der Dank für mein stundenlanges Observieren?"

„... das du inzwischen offenbar aufgegeben hast, sonst könntest du ja nicht genüsslich speisen."

„Nein. Ich observiere noch immer. Wolfgang sitzt nur zwei Tische von mir entfernt, und zwar nicht allein."

„Darf ich raten?", warf ich ein. „Mit Wanda?"

„Du bist ein kluges Bürschchen", flötete Luise gut-
gelaunt. „Ja, die beiden kamen vor knapp zwei
Stunden Hand in Hand aus dem Haustor spaziert,
bestiegen einen Wagen und fuhren schnurstracks
hierher. Das Kennzeichen habe ich mir natürlich
notiert."

„Das hättest du auch von mir erfahren können."

„Wirklich? Fährt Wolfgang mit seinem Hang zum
Großtun nur einen Fiat 500?"

„Nein. Er fährt einen alten Ford Mustang. Ein Old-
timer, der sicher viel Geld gekostet hat und für den
man heute sicher noch sehr viel mehr Geld bekäme
– jedenfalls von den stinkreichen Liebhabern alter
Autos."

„Fährt oder fuhr ihn?", warf Luise fragend ein.
„Weißt du, ob er den Wagen noch besitzt? Immerhin hat er in der kurzen Zeit zwischen seiner Ankunft im Casino bis zum Abendessen am Spieltisch
ein kleines Vermögen verloren. Da kann es durchaus sein, dass er das Auto schon verkaufen musste,
um frühere Spielschulden zu begleichen. Heute jedenfalls ließ er sich von Wanda in offenbar deren
Wagen chauffieren. Also war es doch gut, das
Kennzeichen zu notieren. Oder?"

„Du hast, wie fast immer, Recht. Du machst deinem Familiennamen wirklich alle Ehre", gab ich
mich geschlagen.

„So entstand ja wohl auch der Spruch nomen est omen. Aber obwohl ich in deinen Augen klug bin, wirst du vielleicht meine nächste Idee nicht ganz so klug finden."

„Und die wäre?"

„Du kommst auch ins Casino. Als Kriminalistin halte ich sehr viel von einer Gegenüberstellung von Opfer und Täter – oder soll ich in der Mehrzahl und gegendert von TäterInnen sprechen?"

„Ich verstehe dich auch ohne diese abstruse zeitgeistige Sprechweise, sogar sehr viel besser. Was versprichst du dir davon? Ein lautstarkes Streitgespräch?"

„Nein, kein Streitgespräch, nicht einmal ein richtiges Gespräch. Geh nur an ihnen wie zufällig vorbei, grüße kurz und sag: ‚ich will euch nicht stören, wir hören später voneinander'. Ich will sie unter Druck setzen, sie unter Zugzwang bringen. Sie sollen wissen, dass du nun weißt, dass er ein Spieler ist, dass zwischen ihm und Wanda mehr als nur ein Arbeitsverhältnis besteht. Wolfgang, der im Brief behauptet hat, Wanda nicht mehr gesehen zu haben, soll mit seiner Falschaussage konfrontiert werden."

„Ich werde weiterhin völlig unbeteiligt in der Nähe bleiben, mein Richtmikrofon ans Handy anstecken und versuchen aufzuzeichnen, was sie nach der unerwarteten Begegnung spontan sagen. Vielleicht verraten sie sogar, was sie nun tun wollen."

„Du bist wirklich raffiniert", musste ich Luise loben. „Gut, dass ich kein Krimineller wurde, auf den du es dann abgesehen hattest."

„Vielleicht habe ich es jetzt auf dich abgesehen", kokettierte Luise bewusst zweideutig. „Immerhin wirst du der sexuellen Nötigung unter der Dusche bezichtigt."

„Lassen wir das Thema", bat ich. „Ich werde mich gleich in Schale werfen und bin wohl in 10 Minuten bei dir."

So war es auch. Natürlich begrüßte mich Luise nicht, sondern deutete nur mit den Augen in die Spielhalle, wo Wolfgang mit hochrotem Gesicht beim Roulettisch saß. Wanda stand hinter ihm. Ich wartete auf den Beginn des nächsten Spiels. Dann schlenderte ich knapp an ihnen vorbei und sagte nur halblaut. „Bitte lasst euch nicht stören. Und Fortuna möge euch gewogen sein."

Bislang war Fortuna ihnen aber offenbar nicht gewogen gewesen. Vor Wolfgang lagen nur wenige Jetons. Offenbar war ich gerade noch rechtzeitig gekommen, bevor er alles verspielt und frustriert den Tisch und das Casino verlassen hätte.

Da Wolfgang gerade auf 17 gesetzt hatte, konnte er nicht einfach aufstehen und mir nachlaufen, um total überrascht zu fragen, was ich hier täte. Immerhin war ich nie ein Spieler gewesen, ja hatte Leute mit dieser Sucht immer verabscheut. Mehr noch: Spielsucht auf Drängen internationaler Vereinigungen wie der WHO national als Krankheit zu werten, hielt ich als eine der absurdesten Auswüchse unserer Zeit und hatte dies wiederholt lautstark kritisiert. Der Zweck dieser Wertung war mir natürlich klar. Nunmehr hatten die ‚Kranken' ein Recht auf Behandlung, und zwar auf Kosten der von der Allgemeinheit finanzierten Krankenkassen. Nutznießer waren alle, die an der Entstehung wie der Behandlung dieser Sucht mitwirkten – also die Wettbüros, Casinobetreiber wie auch die Therapieeinrichtungen. Sie alle verdienten daran prächtig!

Auch Wanda war zu überrascht, als dass sie reagiert hätte. Und so war ich Sekunden später draußen und fuhr wieder nach Hause. Ich wollte jede Möglichkeit eines nochmaligen Zusammentreffens ausschließen. Sollte sie bei mir wirklich klingeln, würde ich nicht öffnen. Zwar hatte Wolfgang noch immer Wohnungsschlüssel, aber die Kette an der Eingangstür konnte er damit von außen nicht öffnen.

Kap_29 Belauscht

Am nächsten Morgen, einem Sonntag-Morgen, war Luise so gnädig mich nicht schon um 8 Uhr, sondern erst um 10 Uhr anzurufen. Sie hielt sich sehr knapp:

„Lieber Werner. Es gibt viel zu erzählen. Wie wäre es, da du ja gestern nur ein so karges Abendbrot einnahmst, wenn wir gemeinsam hier im Pensionistenheim Mittagessen. Auch als Nicht-Heimbewohner kannst du hier essen, sogar ums halbe Geld wie draußen beim Wirt. Vielleicht kommst du dann auf den Geschmack, doch in ein Pensionistenheim zu ziehen."

„Ja, vielleicht. Jetzt ist es 10 Uhr – also kann ich um 11:30 bei dir sein. Reicht das?"

„Das ist perfekt. Nach deiner letzten griesgrämigen Rüge in der Früh habe ich mir aus der bekannten Wegzeit und der Zeit, die du wahrscheinlich für deine Morgentoilette brauchst, den Zeitpunkt 10 Uhr zurückgerechnet. Was sagst du zu mir?"

„Ich sage ‚Danke' für deine Rücksichtnahme und nehme das ‚Du Ekel' mit dem Ausdruck größten Bedauerns zurück."

Knapp vor 11:30 traf ich beim Heim ein, wo mich Luise schon in der Vorhalle erwartete.

„Ich dachte, da der Speisesaal hier im Erdgeschoß liegt, dass du dich gar nicht bis zu mir hinauf bemühen musst."

„Das war eine weise Entscheidung", bedankte ich mich noch eingedenk des Irrweges, an den ich mich nur mehr undeutlich erinnern konnte.

Wenig später saßen wir mit vier anderen Damen an einem Tisch für sechs Personen. Das Essen war wie vorhergesagt ganz gut. Man konnte sogar zwischen zwei Suppen, drei Hauptspeisen, eines davon vegetarisch, und zwei Nachspeisen wählen. Ein Salatbuffet gab es auch.

Aber dennoch fühlte ich mich überhaupt nicht wohl. Die vier alten Frauen, wohl alle schon über 80, starrten mich so ungeniert an, als hätten sie noch nie einen Mann gesehen. Ich weiß jetzt wie sich Frauen fühlen, wenn sie von Männern mit Blicken ausgezogen werden. Dann wiederum bohrten sie wie in Trance mit ihren Blicken Löcher in die Tischplatte. Ein Gespräch, geschweige ein nettes, kam nicht zustande, obwohl sich Luise alle Mühe gab. Nein danke – hier wollte ich nicht bleiben, geschweige meinen Lebensabend verbringen!

Musste ich auch – noch – nicht. Nach einem abschließenden Verdauungskaffee lud mich Luise zu sich ins Zimmer.

„Ein Mittagsschläfchen hier mit mir muss ich ablehnen, bevor du noch danach fragen kannst."

Ob sie sich bewusst war, dass sie eben gerade so agierte wie die erfahrungshungrigen Mädchen, von denen sie am Donnerstag berichtet hatte?

„Der Kaffee muss reichen, dass du munter bleibst und dir anhörst, was Wolfgang und Wanda gestern nach deinem kurzen Auftritt sagten."

Mit diesen Worten fischte Luise ihr Handy heraus und begann die Tonaufzeichnung abzuspielen. Ich war überrascht, wie gut die Qualität war.

„Du hast ein tolles Handy. Meines nimmt nicht so gut auf", lobte ich.

„Das liegt weniger am Handy als an meinem Richtmikrofon. Damit belausche ich – ich hoffe, du verrätst mich nicht – hin und wieder die Gespräche auf den Terrassen unter mir. Die Markisen bieten zwar Schutz vor meinen neugierigen Blicken, aber kaum vor meinen neugierigen Ohren. Man muss schließlich in so einem großen Haus Bescheid wissen, was vorfällt. Meist ist es aber nur banalster Tratsch."

„Ich sage nur: Einmal Kriminalistin, immer Kriminalistin", war meine Antwort.

„Eben. Gestern war ich wieder in meinem Metier. Aber hör zu!"

Zunächst war nur die Stimme des Croupiers zu hören. Danach Sesselrücken und ein leises ‚Lass uns gehen' von Wolfgang und ein ‚ok' von Wanda.

Wenige Sekunden später hörte man wieder Wolfgang mit leiser Stimme: ‚Was wollte Papa da? Der ist kein Spieler, das weiß ich genau. Der hat sich über Spieler immer lustig gemacht. Daher habe ich ihm auch nie von meinen Besuchen hier erzählt.'

‚Vielleicht wollte er auch nur Essen kommen', hörte man Wanda flüstern.

‚Das glaub ich nicht', antworte Wolfgang mit leiser Stimme. ‚Vielleicht will er dem Richter sagen können, dass ich als Spieler keine geeignete Person als Sachwalter bin. Aber woher wusste er überhaupt von meinen Besuchen hier?'

‚Vielleicht hat er deinen unverkennbaren mintfarbenen Ford Mustang mit einem neuem Kennzeichen auf der Straße fahren gesehen und daraus geschlossen, dass du Geldprobleme hast. Denn sonst hättest du den nie hergegeben.'

‚Stimmt', pflichtete Wolfgang bei. ‚Dennoch ein merkwürdiger Zufall.'

‚Merkwürdig, nein schlimm', hakte Wanda ein. ‚Er weiß jetzt, dass wir ein Paar sind. Alles, was im Brief an deinen Vater steht, hat seine Glaubwürdigkeit verloren. Natürlich könnten wir behaupten, dass uns erst die Geschichte unter der Dusche als Paar zusammengebracht hatte, wo du mich trösten und ihn schützen wolltest.'

‚Die Sache mit der Dusche ärgert mich noch heute', hörte man Wolfgang flüstern. ‚Wie konnte ich damals nur zustimmen, dass du als meine Freundin zu meinem Vater nackt in die Dusche steigst und dann auch noch meinen Vater befriedigst.'

‚Was heißt hier zustimmen?', wurde Wandas Stimme laut und gellend. ‚Die Idee mit der Dusche war deine, nicht meine. Dass dein Vater beim Einseifen gleich kommt, war nicht beabsichtigt, sondern ein

Betriebsunfall. Glaubst du wirklich, das habe ich gewollt und es hat mir Spaß gemacht, den alten Knacker zu befriedigen. Aber irgendetwas musste ich ja tun, was nach sexueller Nötigung aussieht, oder?'

‚Schlimm ist‘, ergänzte sie hörbar bitter, ‚dass der Film wegen des Dampfes nicht ganz das geworden ist, was wir uns erhofft haben.‘

Nach einer langen Pause, als ich schon meinte, das wäre alles gewesen, hörte man wieder Wolfgang: ‚Am 1. 10. wird der Kredit fällig. Wenn ich bis dahin nicht Eigentümer von Papas Wohnung bin, sind wir geliefert.‘

‚Aber bis dahin stehst du sicher nicht im Grundbuch‘, wandte Wanda ein. ‚Zudem: Wolltest du nicht auch mich mit anschreiben?‘

‚Ich weiß. Zunächst muss aber ich alleiniger Eigentümer werden, wenn eben auch vorläufig nur als außerbücherlicher. Nur dann werde ich die Umschuldung irgendwie hinkriegen. Es wird klappen, du wirst sehen. Und danach lasse ich dann auch dich anschreiben.‘

‚Versprochen? Das sagst du nun schon seit vielen Monaten. Aber ich warne dich. Ich stehe nicht für deine Schulden gerade und ich heirate auch niemanden, der praktisch pleite ist. Dann ist es aus zwischen uns. Also überleg dir etwas, mit dem du aus dem Schlamassel kommst!‘

Luise hatte ihr Handy ausgeschaltet und sah mich fragend an: „Nun?"

„Deine Idee war grandios", lobte ich mit ehrlicher Überzeugung. „Wir wissen nun viel mehr, als wir uns erhoffen durften."

Dennoch freute ich mich nicht wirklich. Unser Sieg schien nahe, aber über einen Gegner, der schon am Boden lag und der zudem mein eigenes Kind ist.

Was war nur in Wolfgang gefahren, Haus und Hof zu verspielen? Sind die Spieler, die ich bisher aus tiefster Seele verabscheut hatte, vielleicht wirklich kranke, in gewissem Sinn unzurechnungsfähige Menschen, die man auf Kosten der Allgemeinheit therapieren muss? Müsste daher nicht eher ich zum Sachwalter meines Sohnes bestellt werden statt er zu meinem?

Luise sah mir an, dass ich gerade schwere innere Kämpfe ausfocht, war aber so mitfühlend, sich nicht einzumischen. Als Kriminalistin hatte sie auch eine gute psychologische Ausbildung erhalten, die ihr jetzt zu Hilfe kam. Sie sah, dass ich zuerst einmal mit mir ins Reine kommen musste, bevor wir den nächsten Zug im Maledivischen Gambit setzten konnten.

Daher schlug sie vor, mich am nächsten Tag bei mir zu Hause zu besuchen. Da dies ein Montag war, würde sie mit ihren Omi-Diensten nicht in Konflikt kommen.

Kap_30 Die neue Haushaltshilfe

Pünktlich um 9 Uhr stand Luise am nächsten Morgen vor meiner Tür und spielte Wanda.

„Guten Tag. Ich heiße Luise und hörte, dass Sie eine Haushälterin suchen." Dann konnte sie sich vor Lachen nicht mehr halten.

Als sie Platz genommen hatte, war sie wieder ernst und konzentriert. „Jetzt ist es Zeit für das nächste Schach. Wir lassen die beiden nicht zum Zug kommen", drängte Luise.

„Was stellst du dir vor?", antwortete ich, der die Initiative längst der quirligen Luise überlassen hatte.

„Hast du doch schon gehört. Ich schlage vor, dass du mich als deine Haushälterin ausgibst. Natürlich nur pro forma. Ich verspüre keinerlei Lust, hier die Wohnung zu putzen, deine Wäsche zu waschen und für dich zu kochen. Klar?"

„Klar."

Langsam fühlte ich mich wieder in die Zeit mit Amalie zurückversetzt. Die sagte auch, wo es lang geht – und ich gehorchte. Jedenfalls meist. Hatte ich instinktiv im Park eine Frau angequatscht, die Amalie in vielem ähnelte? Habe ich mich schon wieder mit einer Frau vom gleichen Typ eingelassen? Ich machte sofort die Probe aufs Exempel:

„Du bist, liebe Luise, auch vom Sternzeichen her ein Fisch. Stimmt's?"

„Wie kommst du darauf?", war die erstaunte Antwort.

Dass ich sie eben mit Amalie verglichen hatte, konnte, besser: wollte ich ihr nicht sagen. Zu gut war mir noch ihre Bedingung in Erinnerung, nicht auf Amalies Stammplatz sitzen zu wollen.

Also antwortete ich: „Weil du an den Fischen in meinem Aquarium Gefallen fandest."

„Hab ich das? Wirklich?", kam sogleich ihre erstaunte Rückfrage. „Nach meiner Erinnerung sagte ich, dass mir ein Hund oder eine Katze lieber gewesen wäre. Und schließlich: Was hat deine Frage mit meiner Funktion als Quasi-Hausgehilfin zu tun?"

„Eh, nichts", stammelte ich.

„Schön. Übrigens hast du mit deiner Vermutung Recht. Aber lass uns jetzt zur Tat schreiten."

„Und die wäre?"

„Das Lügengebäude sorgfältig aufzubauen."

„Was aufbauen? Ich verstehe nur Bahnhof."

„In meinem Beruf habe ich gelernt, dass man als Angeklagter leichter lebt, wenn man ein Alibi hat oder wenigstens Zeugenaussagen, welche die eigene Position stärken. Bei unseren Recherchen haben wir zum Beispiel häufig Nachbarn befragt:

Wie war der Beschuldigte? Oh, immer höflich und zuvorkommend. Es gab bis zum besagten Vorfall niemals ein lautes Wort? Interessant. Was sagten Sie? Er war meist am Fußballplatz. Man darf daher annehmen, dass er auch an besagtem Tag dort war? Gesehen haben Sie ihn aber nicht, oder?'

„Daher gehe ich jetzt zu deinen Nachbarn und stelle mich als deine neue Haushaltshilfe vor. Und schon erhält Wolfgang oder der Richter, wenn er denn nachfragen würde, die von uns gewünschte Antwort. So macht man das."

„Ich glaube, du wärst als Kriminelle viel besser geworden, als du es jemals als Kriminalistin warst", sagte ich voll ehrlicher Bewunderung.

„Kann sein. Aber erst nach vielen Jahren als erfolgreiche Kriminalistin. Erst das, was ich dort gelernt habe, hätte mich zu einer raffinierten Kriminellen gemacht. Dennoch bin ich es nie geworden: Mir fehlt die kriminelle Energie. Ich hätte Mitleid mit meinen Opfern gehabt, Hemmungen, unerwünschte Zeugen zu beseitigen. Kurz. Ich wäre keine gute Kriminelle geworden!"

„Daher wirst du nun meine Haushaltshilfe", lachte ich.

Luise zeige mir nur die Zunge und verschwand hinaus auf den Gang. Wenig später kam sie zurück und berichtete:

„Dein linker Nachbar war nicht da – oder er hat nicht öffnen wollen. Ohne Sicherheitskette hätte ich das jedenfalls so wie er gemacht."

„Dein rechter Nachbar öffnete voller Vertrauen. Wahrscheinlich meinte er, dass ihm von mir als Frau keine Gefahr droht. Völlig falsch. Erstens hätte ich nur der Lockvogel sein können. Denn zwei Meter hinter mir beginnt die Wendeltreppe, wo allfällige Komplizen unsichtbar auf ihre Chance hätten warten können. Zweitens wäre es mir auf Grund meiner Kampfsportausbildung ein Leichtes gewesen, ihn in Sekunden ohne weitere Waffen zu überwältigen. In den polizeilichen Sicherheitskursen, die ich in den allerletzten Jahren in Schulen, Heimen, Sportvereinen usw. abhielt, habe ich das tagaus tagein gepredigt. Man kann in Zeiten wie diesen nicht vorsichtig genug sein! Leider!"

„Und schließlich noch ein Wort zu seiner allfälligen Zeugenaussage. Die wäre für mich als Kriminalbeamtin wertlos gewesen:"

‚Was, die Frau kam sich allein vorstellen? Woher wussten Sie dann, dass das, was sie sagte, stimmt? Eben. Der Herr Fuchs hat Ihnen gegenüber nichts davon gesagt? Können Sie ausschließen, dass sie ihnen bloß eine Komödie vorgespielt hat? Dass sie keine Haushaltshilfe war, sondern eine Einschleichdiebin, die auf ihre Gelegenheit wartete? Oder dass sie ganz offen und unverdächtig Schmiere stand, während ihre Komplizen die Wohnung von Herrn Fuchs leerräumten?‘

„Egal. Wieder kannst du erkennen: Frechheit siegt. Zudem sind die meisten Menschen – so wie auch du, lieber Werner – grottenschlechte Zeugen. Sie sind nicht gewohnt geschweige geschult, genau hinzuschauen."

„Noch dazu", setzte Luise ihre Belehrung fort, „gibt es unzählige Tricks der Kriminellen, die Wahrnehmung allfälliger Zeugen auf Dinge zu konzentrieren, die völlig belanglos sind. Hätte ich jetzt etwa ein knallrotes Kopftuch getragen, so hätte sich dein rechter Nachbar das sicher gemerkt und auch bezeugt. Aber ich als Kriminalistin hätte davon nichts, gar nichts gehabt. Erstens ist nichts leichter, als ein Kopftuch abzulegen. Und zweitens wurden darunter die wichtigeren Merkmale verborgen, die sich zwar auch, aber nicht so leicht und vor allem nicht rasch verändern lassen: nämlich die Haarfarbe, die Haartracht, die Form der Ohren usw."

„Soll ich nun noch zu meinem rechten Nachbarn gehen und bezeugen, dass du wirklich meine neue Haushaltshilfe bist?"

„Das wäre eine Lüge, lieber Werner", ermahnte mich Luise mit Augenzwinkern. „Also lassen wir es bleiben."

Kap_31 Eine Antwort

Unklar war mir, wie Wolfgang von der neuen Situation erfahren sollte und was uns das helfen sollte. Luise half mir auf die Sprünge:

146

„So", sagte sie, „lass uns jetzt ein Antwortschreiben an deinen Sohn aufsetzen. Gib mir bitte nochmals den Brief, den er und Wanda dir zukommen ließen. An dessen Struktur werden wir uns orientieren, indem wir zu jedem Absatz gleich dort einen Kommentar einfügen und durch Unterstreichung hervorheben. Sollen wir den Antwortbrief eher offensiv oder defensiv anlegen?"

„Offensiv", war meine Antwort. „Er war ja auch nicht zimperlich."

„Gut, wie du meinst", war Luises Antwort. „Als weniger emotional belastete Person werde ich immer einen Vorschlag hinschreiben. Du kannst dann sagen, ob dir das passt oder gegebenfalls Korrekturen anregen. Ok?"

„Ja."

Lieber Vater!

<u>Warum so förmlich? Bisher war ich immer noch der Papa, früher sogar der Papi.</u>

Ich nehme Bezug auf das Gespräch bei Gericht. Dort kam für mich völlig überraschend die Möglichkeit ins Spiel, dass du dich eventuell mit einer neuen Frau verehelichst, womit die Wohnung meiner Kindheit wohl für alle Zeit für mich verloren ist. Obzwar sich Mama im Grab umdrehen würde, wüsste sie, dass du so knapp nach ihrer Beerdigung

147

schon wieder Sex suchst und auf Brautschau bist,
muss ich dieser Möglichkeit doch realistisch ins
Auge sehen.

Ja und? Auf Brautschau zu gehen und Sex zu haben
ist in meiner Situation nichts Illegales. Vorwerfen
muss ich mir das von dir nicht lassen. Und Mama
hat wohl Verständnis dafür, dass ich nicht alleine
bleiben will.

Denn offenbar bist du nach wie vor ein von Sex
Getriebener. Tatsache! Wie ich aus verlässlicher
Quelle, nämlich von Wanda, erfahren habe, bist du
nicht davor zurückgeschreckt, diese arbeitsame
und ehrenhafte Frau, die sich nach der schmutzi-
gen Arbeit im Haushalt duschen wollte, in der Du-
sche zu bedrängen und zu sexuellen Handlungen zu
nötigen. Pfui Teufel. Mein Vater ein Belästiger,
schlimmer noch: ein Sexunhold.

Das ist starker Tabak. Deine Anschuldigung stellt
nach gängiger Rechtsmeinung den Tatbestand der
üblen Nachrede und der Ehrabschneidung dar, so
du sie nicht bei Gericht beweisen kannst. Du stützt
dich hier aber allein auf eine Aussage von Wanda,
so dass Aussage gegen Aussage steht. Ich bestreite
jedenfalls, dass es zu dem oben geschilderten Vorfall kam.

„Sollten wir vor dem Wort kam nicht noch in dieser
Form ergänzen?", schlug ich vor, ohne die Trag-
weite dieser kleinen Umformulierung zu sehen.

„Auf keinen Fall", widersprach Luise meiner Naivität. „Damit würdest du ohne jede Notwendigkeit eingestehen, dass es ein solches Vorkommnis, nur eben in einer etwas anderen Form, tatsächlich gab. Nein. In genau der oben geschilderten Form gab es das Vorkommnis nicht. Punkt."

Zufällig hatte Wanda ihr Handy, mit dem sie immer ihre Arbeit für mich dokumentierte, am Sessel, wo sie sich entkleidet hatte, abgelegt und wohl unbeabsichtigt den Filmauslöser betätigt. Somit ist deine Untat zweifelsfrei dokumentiert. Trotz Dampfschlieren ist klar zu erkennen, wer die Personen sind und was Wanda tun musste.

Dann lege bitte deine Beweise vor!

Du wirst verstehen, dass ich Wanda, die sich bei mir beklagte und Schmerzensgeld forderte, nichts bezahlte, sondern meinte, dass sie sich den Lohn für die Nuttendienste gefälligst bei dir holen solle. Das wollte sie aber nicht aus Angst, dass du sie wieder zu deinen Sexspielchen nötigen würdest.

Ich verwahre mich gegen diese unhaltbare Anschuldigung.

„Sollten wir nicht ganz am Schluss noch der Nötigung ergänzen?", schlug ich wieder vor.

„Nein", widersprach Luise neuerlich. „Geschickte Anwälte könnten dir das Wort im Mund umdrehen und herauslesen, dass doch etwas im Sinn von Sexspielchen passiert ist, nur dass du eben den Tatbestand der Nötigung von dir weist. Sie unterstellen dir dann zum Beispiel sexuelle Belästigung."

Ich gab mich geschlagen.

Da du aber mein Vater bist, werde ich keine Anzeige erstatten. Vorläufig. Das kommt allerdings auf deine Reaktion auf diesen Brief an.

<u>Das ist nicht nötig. Tu es ruhig. Ich sehe der Sache ohne Furcht entgegen.</u>

Vorsichtshalber habe ich Wanda das Handy mit viel Geld abgekauft, damit diese dir nicht mit diesem Beweismittel ans Leder kann – obwohl dir völlig gerecht geschähe.

<u>Sehr gut. Damit liegen die Beweismittel bei dir und können von Wanda nicht mehr manipuliert werden. Ich gehe davon aus, dass du das Handy bis zu einer allfälligen Gerichtsverhandlung sicher verwahrst.</u>

Als Entschädigung für die nicht unerhebliche Summe und dafür, deine Untat nicht anzuzeigen, würde ich akzeptieren, wenn du mir raschest möglich die Wohnung überschreibst. Überschreibst, nicht nur – um welchen Preis auch immer – vermietest.

<u>Weder das eine noch das andere habe ich vor. Ich bleibe hier. Deine Sorge, dass die Wohnung nun in Schmutz und Dreck versinken könnte, ist überholt. Ich habe inzwischen eine Frau als Ersatz für Wanda gefunden, deren Entlohnung unter der Geringfügigkeitsgrenze liegt und die ich mir somit leisten kann.</u>

150

„Was soll denn das mit der Geringfügigkeitsgrenze schon wieder?", fragte ich Luise. „Du bekommst doch überhaupt kein Salär von mir."

„Stimmt", antwortete Luise. „Liegt eine Entlohnung von null vielleicht nicht unter der Geringfügigkeitsgrenze? Na also. Alles was hier steht, ist völlig korrekt. Für das, was manche in den Text hineininterpretieren, können wir nichts. Zudem sichere ich uns gegenüber der Behörde ab."

„Warum schreibst du Frau?", wollte ich wissen. „Ich hätte ja auch einen Mann anstellen können. Dann wäre das Problem mit den Sexspielchen nämlich auch vom Tisch."

„Wirklich?", dehnte Luise unüberhörbar ihre Frage. „Sagtest du nicht, dass du an neuen Spielarten der Liebe interessiert bist?"

„Du Ekel", war mein ganzer Kommentar auf diese fiese Anspielung.

„Noch zum Thema Frau. Hast du vergessen, dass ich mich bereits bei deinem rechten Nachbarn vorgestellt habe?"

„Du hast Recht. Du denkst wirklich an alles", musste ich zerknirscht zugeben.

Wenn du glaubst, mit diesem Brief nun ein Druckmittel gegen mich in der Hand zu haben, so irrst du. Als Sohn kann ich mich sogar bei Gericht jeder Aussage entschlagen, die dich belasten könnte. In-

151

sofern bin ich vom Gesetz wohl nicht gezwungen, Anzeige zu erstatten. Wanda könnte das, aber dann steht Aussage gegen Aussage. Sei also klug.

<u>Doch, du hast mir damit ein Druckmittel in die Hand gegeben, an das du wohl nicht gedacht hast. Ich hoffe, dass du Wanda ordnungsgemäß bei der Sozialversicherung als Dienstnehmerin angemeldet hast und ihr euch somit keines Wirtschaftsvergehens gegenüber der Versicherung und der Steuerbehörde schuldig gemacht habt. Aber so wie du will auch ich im Moment von einer Nachfrage bei der Behörde oder gar einer Anzeige absehen.</u>

„Jetzt weiß ich, warum du vorher die Geringfügigkeitsgrenze ins Spiel gebracht hast. Du wolltest dich und mich gegenüber den Behörden abzusichern. Du bist wirklich mit allen Wassern gewaschen, liebe Luise."

„Du lernst schnell", lobte mich Luise, diesmal ganz ohne ihren oft schelmischen Unterton.

Bedenke zudem, dass Untaten wie die geschilderte durchaus dazu angetan sind, den Richter umzustimmen, was zur Entmündigung bis zur Einweisung in eine Anstalt für abnorme Rechtsbrecher führen könnte. Dann wäre die Wohnung so und so für mich frei. Also handle klug!

<u>Ich kann dir angesichts der neuen Lage nur raten, deinen Antrag auf Teilentmündigung zurückzuziehen. Du wirst damit nicht durchkommen.</u>

„So, und wie erhält mein Sohn nun den Brief?", wollte ich wissen.

„Am besten per E-Mail", antwortete Luise. „Als Arzt hat er doch sicher eine Homepage und ein E-Mail-Postfach. Mit deren Verwendung gewinnen wir Zeit gegenüber der altmodischen Postzustellung. Er darf aus unserem Dauerschach nicht mehr herauskommen."

Kap_32 Die Lunte brennt

Was Wolfgang und Wanda zu meinem – eigentlich unserem – Brief sagten, weiß ich nicht. Auch nicht, ob ihn Wanda zu Gesicht bekam. Vielleicht wollte Wolfgang sie weiterhin hinhalten. Jedenfalls rief Wolfgang nicht an, nicht sofort voller Zorn, und auch nicht die nächsten drei Wochen. Er wusste, dass er auf einem Pulverfass saß, das spätestens am 1.10. dieses Jahres hochgehen würde.

Was er nicht wusste, ist, dass auch wir wussten, dass die Lunte brennt und wann sie hochgeht. Trotz dieses Wissens hatten wir bisher nichts getan, sie zu löschen. Im Gegenteil.

Ob er nun unter Zusammenkratzen der letzten Geldmittel verzweifelt versuchte, im Casino alles auf eine Karte zu setzen, weiß ich nicht. Die Chancen, dort oder im Lotto durch einen Haupttreffer die benötigten Geldmittel zu gewinnen, waren mathematisch gesehen für ihn kleiner, als vom Blitz getroffen zu werden. In beiden Fällen wäre er aller Sorgen enthoben gewesen.

Luise kam mich öfters besuchen, um gegenüber dem neugierigen rechten Nachbarn den Anschein zu wahren, bei mir als Haushaltshilfe beschäftigt zu sein. Aber wie angekündigt half sie tatsächlich nicht im Haushalt mit. Im Gegenteil: Sie ließ sich gerne von mir einen Tee zubereiten und eine kleine Mehlspeise vom Bäcker in der nächsten Straße kredenzen.

Dennoch war ich froh über ihr Erscheinen, weil damit Leben in die Bude kam. Wir diskutierten über Gott und die Welt und sahen erfreut, dass wir in vieler Hinsicht, was Politik, Religion usw. betraf, recht ähnliche Meinungen hatten. Daher waren unsere Gespräche und Diskussionen konfliktfrei, ja angenehm.

Das Thema Wolfgang und Wanda hielten wir bewusst außen vor.

Zunehmend wurden Luises Besuche länger, sodass wir manchmal abends gemeinsam vor dem Fernsehapparat saßen. Aber selbst wenn es spät wurde, und ich meinte, sie könne gerne im Gästezimmer übernachten, wollte sie nicht. Meinen Einwand, dass die späte Heimfahrt mit der U-Bahn gefährlich wäre, quittierte sie mit einem Lachen: „Wenn wir Krimineser uns nicht mehr fahren trauen, wer dann?"

Mein erweiterter Einwand, dass es in anderen Ländern längst ganze Stadtviertel gibt, wo sich die Polizei nächtens nicht einmal in Mannschaftsstärke mehr hineinzugehen traut, tat sie ebenso ab: „Solche No-Go-Bezirke gibt es bei uns noch nicht."

„Ja", unterstützte ich sie mit besonderer Betonung ihrer beiden letzten Worte: „Noch nicht."

Besonders gerne sah sie sich Kriminalfilme an, wo sie versuchte, die Handlung vorherzusehen und vorherzusagen. Hier war sie in ihrem Metier. Für ihren Geschmack gelang ihr das aber zu selten. Ihr Berufsethos litt darunter. Schuld seien die völlig unrealistischen Drehbücher, meinte sie dann. Die Drehbuchautoren hätten keine Ahnung von der realen Kriminalwelt.

Wie sollten sie, fragte ich sie öfters, wenn die Medien doch bewusst irreführend und nichtssagend berichten. Über jeden Sager irgendeines der Redaktion missliebigen Politikers wurde tagelang berichtet und ein Kommentar von allen möglichen und unmöglichen, berufenen und unberufenen Personen dazu eingeholt. Niedrigstes Bassena-Niveau auf Kosten der Kunden und Gebührenzahler.

Große Verbrechen wie etwa Banküberfälle wurden dagegen – abgesehen von besonders spektakulären Fällen, die man ob des großen Aufsehens nicht unter den Teppich kehren konnte – einfach in den Nachrichten verschwiegen. Man behauptete, so Nachahmungstäter abhalten und rassistisch, nationalistisch und ähnlich motivierten Vorurteilen über die Täterzugehörigkeit jede Grundlage entziehen zu können. Bei Verkehrsstraftätern war man nicht so streng. Hier wurde neben Alter und Geschlecht, die statistisch gesehen wirklich relevant sind, immer wieder einmal auch die Parteizugehörigkeit genannt und damit so getan, als ob auch diese relevant wäre. Bei den politischen Rülpsern irgendwelcher uninteressanten Menschen zählte dieses Nachahmungs-Präventions-Argument übrigens nicht. Wie dehnbar doch die Grundsätze journalistischen Anstandes sind.

Die allzu banale Sicht der Dinge war die: Wenn man keine Informationen erhält, kann man sich kein Urteil bilden, also auch keines der bösen Vorurteile. Dass wir Menschen, wie alles Getier, ohne diese – wie nannten es Verhaltensforscher wie Konrad Lorenz oder Otto König viel treffender: Vorausurteile – nicht überleben können, wurde ignoriert.

Gleiches gilt für die immer wieder beschworene Demokratie. Statt uns alle möglichst umfassend zu informieren, um zutreffende statt bloß eingebildete, vorgefasste Vorausurteile über die aktuelle Politik fällen zu können, wollte man lieber keine, jedenfalls keine, die nicht ins eigene Weltbild passten.

Journalisten polemisierten gegen sogenannte Echokammern, sahen aber nicht, dass sie sich selbst in solchen bewegen. Mehr noch, dass sie deren Erzeuger und (über-)bezahlte Betreiber sind. Um die eigene Echokammer zu schützen, wurde zu verantwortungsvoller Selbstzensur aufgerufen. Journalisten wären nicht dazu verpflichtet, alle Standpunkte abzubilden, hieß es. Im Umkehrschluss bedeutet das: Es reichte, die eigenen Vorurteile oder die der Redaktion wie eine ewige Wahrheit von der Kanzel des Mediums zu verkünden.

Die Medien wollten nicht sehen, dass sie auf einem Pulverfass saßen, dessen Lunte nicht allein durch die neuen sozialen Medien entzündet worden war, sondern durch ihre Agitation als Lügen- und Lückenpresse – TV und Hörfunk inbegriffen. Obwohl auch das ein pauschales und insofern unberechtigtes Vorausurteil war und ist, steht fest: die Lunte unter den etablierten Medienimperien brennt.

Kap_33 Ein Verdacht

Gestern war ein solcher spektakulärer Raubüberfall, über den das Fernsehen berichtete – berichten musste. Immerhin kreisten unübersehbar drei Polizeihubschrauber nahe dem Casino über der Stadt.

Luise verschlang förmlich die wenigen Nachrichten, die verbreitet wurden. Offenbar hatte eine männliche Person mittleren Alters dort einen Raubüberfall durchgeführt. Jedenfalls wurde nach einem solchen etwa 1,80 m großen Mann in Bluejeans mit weißem Poloshirt gefahndet.

„Das Problem ist, lieber Werner", sagte sie, „dass man bei einer Verfolgung nicht zu viel und nicht zu wenig in den Steckbrief packen darf. Denn kaum jemand kann mehr als sieben Details bewusst im Kurzzeitgedächtnis behalten, Autisten vielleicht ausgenommen. Bei Demenz-Tests ist man schon mit drei gemerkten Details hoch zufrieden. Umgekehrt müsste man viel zu viele Verdächtige anhalten, wenn man etwa ausschließlich das Detail Bluejean im Steckbrief kommuniziert. Erinnere dich: Beim Steckbrief für Wanda haben wir uns schon mit dem Problem beschäftigt."

„Ich weiß", sagte ich ruhig und geduldig, da sie mich mit ihrem Jagdfieber bisher nicht anstecken konnte.

Sie ließ sich durch meine lauwarme Antwort nicht beirren. „Ich bleibe, wenn du erlaubst, bis zu den Spätnachrichten. Vielleicht bringen sie dann neue Details."

Die brachten sie tatsächlich. Es wurden sogar zwei kurze Videos von Überwachungskameras gezeigt, von denen es rund um das Casino ja genug gab. Zudem wurde gesagt, dass man weitere solche Videos auf der Homepage des Senders anschauen könne. Die Polizei habe extra darum gebeten, um sachdienliche Hinweise zu erhalten.

„Die tappen noch völlig im Dunkeln", kommentierte Luise, „wenn sie die Aufnahmen veröffentlichen. Hätten sie schon eine konkrete Spur, täten sie das nicht. Das weiß ich aus meiner langen Berufserfahrung."

Ich brumme nur etwas Unverständliches, da mich die ganze Sache ziemlich kalt ließ. Was war schon ein bloßer Raubüberfall, noch dazu ohne Tote, gegen die Gräuel, die beim – angeblich irrtümlichen – Bombardement einer Hochzeitsgesellschaft in Afghanistan angerichtet worden waren. Bisher 123 Tote – die Opferzahl könne aber noch steigen, wurde gesagt. Das seien bedauerliche Kollateralschäden, meinte der amerikanische Militärsprecher ohne besondere Betroffenheit.

Aber Luise hatte Feuer gefangen. „Darf ich deinen Laptop starten?", fragte sie noch immer höflich, obgleich sie das inzwischen fast täglich tat.

„Ja, tu nur", war meine Antwort wie all die letzten Male.

Und so geschah es. Ich vernahm, während ich mir noch die Sportneuigkeiten gönnte, wie Luise im Hintergrund werkte und immer aufgeregter wurde. Zunehmend lauter hörte ich sie immer wieder sagen: „Das gibt's doch nicht!", „Bitte nein", „Ich muss mich täuschen" und Ähnliches.

Schließlich konnte ich nicht weiter anteilslos zuhören und fragte: „Was ist denn los, liebe Luise?"

„Komm bitte her zu mir und schau dir auch die Videos an, die ich mir inzwischen auf den Laptop heruntergeladen habe."

Obwohl die Sportsendung noch nicht vorbei war, stand ich wie früher, wenn Amalie etwas wollte, folgsam auf und trottete zu ihr.

„Setz dich", meine Luise. „Du wirst es brauchen!"

„Warum?"

„Du wirst es gleich wissen. Setz dich und schau dir die Videos an!"

Wieder gehorchte ich und sah ziemlich desinteressiert zu, wie ein Mann, dessen Beschreibung ich aus den Fernsehnachrichten schon kannte, an einigen Überwachungskameras vorbeirannte. Nur bei der letzten ging er.

„Ja und?", fragte ich. „Was ist hier Großartiges zu sehen, insbesondere bei der nicht gerade berauschenden Qualität des Bildmaterials?"

„Ist dir nichts aufgefallen?"

„Nein, außer, dass er bei der letzten Kamera vorbeiging statt vorbeizulaufen."

„Was könnte der Grund dafür sein?", setzte Luise ihr Verhör fort.

„Was weiß ich? Vielleicht war er schon außer Atem?"

„Falls das zutrifft: Was könnte man daraus schließen?", ließ Luise nicht locker.

„Dass er doch nicht mehr ganz so jung ist, wie er aussieht. Oder er ist krank oder total unsportlich."

„Sehr brav", lobte mich Luise. „Gäbe es noch andere Gründe, warum er nicht mehr lief?"

„Mein Gott, was für ein Verhör", jammerte ich. „Vielleicht meinte er weit genug vom Tatort wegzusein?"

„Ja, durchaus möglich. Gäbe es noch eine Möglichkeit?"

Ich dachte angestrengt nach, aber es fiel mir keine ein. Luise half mir:

„Vielleicht wollte er genau dort nicht auffallen. Es könnte dort zum Beispiel ein Streifenpolizist gestanden haben, der sich nach dem Alarm dann sicher an ihn erinnert hätte. Als besonders geschulter Beobachter hätte er wohl genau hingeschaut und wäre so ein gefährlicher Zeuge gewesen."

„Darf ich jetzt den Spieß umdrehen? Du bist auch besonders geschult. Ist dir etwas besonders aufgefallen?"

„Ja – leider! Es wäre möglich, nein mehr, ich glaube, dass der flüchtige Täter Wolfgang ist."

Kap_34 Indizien

Jetzt wusste ich, warum mich Luise gebeten hatte Platz zu nehmen. Der Boden wankte unter mir. Das darf nicht wahr sein, sagte ich mir wieder und immer wieder. Aber Luise würde so etwas nie ohne triftigen Grund behaupten. Niemals. Da war ich mir ganz sicher!

„Wie kommst du dazu?", stöhnte ich.

„Lass uns gemeinsam das letzte Video ansehen, dort wo der Verdächtige geht. Fällt dir etwas auf?"

„Nein", musste ich gestehen, obwohl ich mich bemühte und mir dazu den kurzen Filmclip mehrmals ansah.

„Schau genau auf seine Füße! Na, noch immer keine Idee?"

„Ja, der Mann scheint ein wenig zu hinken."

„Mehr, mehr! Streng dich an!", drängte Luise.

„Der linke Fuß zeigt deutlich nach innen und rollt über die kleine Zehe ab."

„Und der rechte Fuß?", ließ Luise nicht locker.

„Da ist es umgekehrt. Der zeigt nach außen und rollt über die große Zehe ab."

„Sehr gut beobachtet. Das ist in dieser starken Ausprägung sehr ungewöhnlich", belehrte mich Luise, „weil üblicherweise entweder beide Füße leicht nach innen zeigen, oder beide mehr oder weniger stark nach außen. Kurz gesagt. Es handelt sich um etwas, was den Täterkreis enorm einengt. Denn das Schrittbild ist für eine Person charakteristisch. Es hat sich meist über Jahre hinweg langsam entwickelt und kann auch nur langsam verändert werden.

Jeder, der vom Orthopäden, der Schauspielschule oder der Modeagentur in einen ‚Gehkurs' geschickt wurde, weiß wie schwer es ist, das Schrittbild bewusst zu ändern. Mit anderen Worten. Wenn man einen Menschen findet, der dieses Schrittbild zeigt, hat man einen dringend Tatverdächtigen."

„In diesem Fall meinen Sohn, wenn ich dich richtig verstehe."

„Du verstehst mich richtig, lieber Werner."

„Woher weißt du über eine körperliche Besonderheit von Wolfgang Bescheid, die nicht einmal ich kenne, ich, sein Vater?"

„Weil ich Wolfgang vor kurzem im Zuge meiner Observierung gehen sah. Was habe ich dir gesagt, ist die wichtigste Eigenschaft eines guten Kriminalisten?"

„Geduld, Frau Kommissar."

„Brav! Und was ist die zweitwichtigste?"

„Darf ich jetzt den von mir favorisierten Scharfsinn anbringen?"

„Leider wieder falsch. Die zweitwichtigste Tugend eines Kriminalisten ist seine sehr gute Beobachtungsgabe. Und ohne mir selbst schmeicheln zu wollen – die habe ich!"

„Ich wohl nicht. Aber dennoch kann ich nicht glauben, dass mir das über die Jahrzehnte nicht auffallen hätte müssen."

„Wie lang wohnt Wolfgang schon nicht mehr bei euch?"

„Lass mich rechnen. Mit 26 war er mit seinem Studium fertig, mit 29 mit seiner Facharztausbildung. Kurz danach übernahm er die ihm angebotene Ordination und zog bei uns aus. Heute ist er 42, also etwa vor 12 Jahren."

„Hat Wolfgang Sport betrieben?"

„Ja, Radfahren und Tennis. Als er noch zu Hause lebte, fuhren wir gerne gemeinsam Rad – bis zu unserem gemeinsamen Sturz knapp vor seinem Auszug. Ich war ihm beim Im-Windschatten-Fahren zu nahe gekommen. Auf Grund meiner daraus resultierenden schweren Schulterverletzung und seiner Knieverletzung war es dann mit dem gemeinsamen Radfahren vorbei."

„Das könnte erklären, warum Wolfgang ein solches ungewöhnliches Schrittbild hat. Er hat es sich vielleicht nach der Verletzung als Schmerz-Vermeidungs-Haltung angewöhnt und es nicht wieder abgelegt."

„Könnte sein. Damit kann man ihn aber nicht überführen, oder?"

„Damit allein wohl nicht. Denn beim Nachstellen der im Video aufgezeichneten Szene könnte er sich bewusst verstellen."

„Also ein sehr schwaches Indiz, oder?"

„Nein. Denn wir würden seine Schuhe als Beweismittel sichern. Der Abrieb der Sohle gibt ein untrügliches Bild, wie der Träger der Schuhe normalerweise geht. Schau dir etwa die Fersen deiner Schuhe an, dann weißt du, wie du deinen Fuß aufsetzt und abrollst, ob du einen Knickfuß hast usw. Die Schuhe in Verbindung mit dem Video sind nicht bloß ein Indiz, sondern ein Beweis!"

„Aber nur für das Gangbild, nicht für die Täterschaft."

„Natürlich. Hat man aber einmal einen Verdächtigen, so wird man weiter bohren. Etwa: Hat er ein Motiv?"

„Hat Wolfgang eins?"

„Ich denke schon", sagte Luise. „Geldnöte sind ein starkes Motiv. Dazu kommt noch, dass die Geldnöte dringend befriedigt werden müssen. Dazu kommt noch, dass er in greifbarer Nähe des Tatortes wohnt. Dazu kommt noch, dass er den Tatort und dessen Umgebung sowie die dortigen Abläufe so gut kennt, dass er sich einen erfolgversprechenden Tatplan zurechtlegen konnte. Also kann ihm nicht nur prinzipiell ein Motiv, sondern auch der Vorsatz unterstellt werden."

„Das verstehe ich schon wieder nicht", musste ich zugeben.

„Schön. Nehmen wir an, du bist in Geldnot, hast also ein Motiv an Geld kommen zu wollen. Du triffst an einem Dienstagvormittag im Park zufällig eine reiche Omi und raubst sie aus. Dann ist das ohne Vorsatz geschehen. Weißt du aber, dass die reiche Omi jeden Dienstagvormittags dort ist und du raubst sie dabei aus, dann ist das mit Vorsatz geschehen. Und wenn du das jeden Dienstagvormittag machst, dann ist das gewerbsmäßiger Raub."

„Ich glaub, ich hab's verstanden", gab ich mich zufrieden, um mit einem kecken Blick zu Luise zu ergänzen. „Gleichwohl bezweifle ich, dass die besagte Omi sich regelmäßig jeden Dienstag-Vormittag berauben ließe, ohne ihre Selbstverteidigungskünste einzusetzen."

„Darauf kannst du Gift nehmen", schmunzelte Luise.

„Völlig offen ist noch die Zeitfrage, also ob Wolfgang für den Tatzeitpunkt ein Alibi hat", begann nun auch mich für die Sache zu interessieren. „Ob ihm Wanda wohl ein Alibi geben würde?"

„Das wäre möglich, aber für Wanda nicht ohne Risiko. Auf Meineid stehen hohe Strafen! Zusätzlich könnte sie so nicht nur als Mitwisserin, sondern auch als Mittäterin in die Mühlen des Gesetzes geraten. Wie sagte sie: ‚Ich bin nicht bereit deine Schulden zu bezahlen. Dann ist es aus zwischen uns.' Wer so redet, ist nicht derart heillos in einen Menschen verknallt, dass er alles, wirklich alles für ihn riskiert, sprich, für ihn letztlich sogar in den Häfen geht. Nein."

„Gut. Wir können aber jetzt wohl nicht Wanda anrufen und sie diesbezüglich fragen. Wolfgang schon gar nicht. Als Vater tue ich mir auch schwer, meinen Sohn – möglicherweise zu Unrecht – bei der Polizei anzuzeigen."

„Ich weiß", antwortete Luise. „Daher habe ich einen anderen Vorschlag."

„Du zeigst ihn statt mir an?"

„Nein. Das würde nicht viel ändern. Ich werde Wolfgang wieder observieren. Vielleicht ergeben sich so neue Fakten, die ihn belasten oder entlasten."

„Was könnte da sein?"

„Oh, da gibt es vieles. Lass dich überraschen."

Sie lässt mich schon wieder schmoren, dieses Ekel, dachte ich ärgerlich.

Kap_35 Der Fluchtweg

So saß ich also zu Hause und wartete. Irgendwann wurde es mir zu blöd. Ich wollte auch etwas tun. Ich vergewisserte mich, dass die Batterie meines Laptops voll aufgeladen ist und fuhr mit dem Auto zum Casino.

Dort erinnerte bis auf einige bunte, aufgesprayte Striche am Trottoir nichts mehr daran, dass hier ein Mann niedergeschlagen und ihm sein Handkoffer entrissen worden war. Das war jedenfalls die kurze mündliche Darstellung des Tathergangs in den Nachrichten gewesen. Ein Beweisvideo davon gab es nicht.

Wolfgang wäre als Täter schön dumm gewesen sich für den Überfall einen Platz auszusuchen, der videoüberwacht wird. Tatsächlich fand ich keine Überwachungskamera, soweit mein Auge blickte.

Ich nahm meinen Laptop zur Hand und schaute mir das erste Video an. Im Vergleich mit den benachbarten Gebäuden musste die Kamera irgendwo dort vorn am Eck montiert sein. Ich ging dorthin und fand nach einigem Suchen die Kamera.

Nun schaute ich mir das zweite Video an. Im Abgleich mit den Gebäuden war bald klar, wo sich die nächste Überwachungskamera befinden musste. Bald war auch sie identifiziert.

So hantelte ich mich Filmclip um Filmclip weiter und rekonstruierte den Fluchtweg des Täters, soweit er sich durch die kurzen Filme rekonstruieren ließ.

Wahrscheinlich hatten die Kriminalisten das inzwischen auch getan – aber sicher nicht Luise. Da sie keinen Laptop hatte, konnte sie die eben von mir angestellten Vergleiche nicht machen. Ich war stolz auf mich. Ich freute mich schon jetzt darauf, wie Luise meinen kriminalistischen Scharfsinn loben würde.

Ich überlegte. Die Flucht des Täters war natürlich nicht hier auf diesem Platz zu Ende. Hier war Fußgängerzone und wohl auszuschließen, dass ein Fluchtauto wartete. Wer sollte es auch lenken? Wanda?

Verstecken konnte man hier auf der gepflasterten Steinwüste auch nichts. Sich nicht und auch nicht die Beute. Außer in den Mistkübeln, die an einigen Lichtmasten hängen. Wie hieß es? Ein Aktenkoffer? Der passt in keinen solchen Kübel.

Ein Paket von Geldscheinen natürlich schon. Aber wer wird so dumm sein, die Beute dort zu verstecken? Die Müllkübel werden ja entleert. Dennoch ließ es mir keine Ruhe und ich kontrollierte die drei Mistkübel. Kein Geld, nur Mist. Die vorbeigehenden Leute schauten mich nur groß an und dachten sich wohl ihren Teil: Da steht ein untadelig angezogener Mann mit einem sicher nicht billigen Laptop in der Hand und stiert wie ein Sandler in den Mistkübeln. Der hat wohl nicht alle Tassen im Schrank.

Die Situation erinnerte mich an Luises Erzählung von der Akademikerfamilie, deren Villa leergeräumt wurde. Niemanden hatte es gekümmert, niemand schöpfte Verdacht. Wir leben in einer Gesellschaft, wo sich fast jeder nur um das kümmert, was ihn betrifft. Alles andere ist ihm wurscht.

Dann durchzuckte es mich jäh äußerst schmerzhaft. Was, wenn die Menschen nicht so reagieren täten, wenn einer die Polizei herbeiriefe? Was, wenn die beiden Streifenbeamten die gleiche ausufernde Fantasie hätten wie Luise? Sie wissen nicht, was ich meine, liebe Leserin und lieber Leser? Genießen Sie ausnahmsweise meine Fantasie statt die von Luise:

Was machen Sie da, könnte der eine Polizist sagen. Warum stochern Sie in den Mistkübeln? Sie sehen mir nicht so aus, als ob Sie nach Tschicks oder altem Brot suchen müssten. Können Sie sich ausweisen? Natürlich, Herr Inspektor. Bitte, hier. Darauf wendet er sich an seinen Kollegen und fragt. Sag, heißt nicht einer der Verdächtigen des gestrigen Raubüberfalls auch Fuchs? Ja. Sagen Sie, werter Herr, sind Sie mit einem Wolfgang Fuchs verwandt? Ja? Ihr Sohn? Versuchen Sie vielleicht die Beute abzuholen, die er hier bei seiner Flucht versteckt hat. Nein? Sie verbieten sich solche Unterstellungen. Warum? Wäre doch möglich, oder? Kommen's bitte mit uns auf die Wachstube. Dort werden wir dann weitersehen.

Es war mir plötzlich bewusst geworden, dass ich im Fahrwasser von Wolfgang auch zu den Verdächtigen zähle. Ein sehr unangenehmer Gedanke. Zum Glück könnte mir Luise für die Tatzeit ein Alibi geben. Ihr als ehemaligen Kriminalistin würde man wohl glauben. Aber Mitwisser und Mittäter könnte ich dennoch sein. Etwa könnte ich Wolfgangs plötzlichen Geldsegen bei mir in der Wohnung verstecken oder die Herkunft des Geldes als Strohmann decken. Bei der wilden Fantasie, die Kriminalisten haben – und laut Luise haben müssen – ein sehr unerfreulicher Gedanke.

Der hielt mich aber nicht ab, weiterzusuchen, im Gegenteil. Jetzt schon zu meinem eigenen Schutz. Ich blickte herum. Wohin könnte Wolfgang geflüchtet sein?

In die U-Bahn? Möglich. Ob das klug wäre, sei dahingestellt. Zwar ist man dann sehr schnell weit weg vom Tatort. Aber die Ausgänge der U-Bahn kann man sehr einfach sperren und jede Person unentrinnbar kontrollieren. Vielleicht würde die Polizei davor zurückschrecken, um ein Verkehrschaos zu vermeiden. Immerhin hätte man ja die Videokameras in den U-Bahn-Anlagen, um dem Täter weiterhin auf den Fersen zu bleiben.

In das große Kaufhaus am Platz? Ja, dort könnte man sich sogar leicht umziehen. Zudem gibt es dort vor einigen Geschäftslokalen Boxen, wo man Rucksäcke, Taschen oder Koffer deponieren kann, ja muss, bevor man das Geschäft betreten darf. Das Problem: Die Boxen müssen bei Schließung des Geschäftes leer sein. Was mit denen passiert, wo das nicht der Fall ist, weiß ich nicht – werde es aber gleich wissen. Eine mir bisher unbekannte kriminalistische Ader war in mir erwacht.

Wenige Minuten später stehe ich vor einem der Geschäfte, einem großen Geschäft für alles mögliche Elektrische bis Elektronische, von der elektrischen

Zahnbürste bis zu Fernseher im Format der Kinoleinwand meiner Kindertage. Davor ein in ganz Schwarz gekleideter Türsteher. Ja, so weit sind wir in unserer Gesellschaft inzwischen, dass vor und in Geschäften bereits sogenannte Securities und Kaufhausdedektive Wache halten.

„Guten Tag", sprach ich den jungen Mann vor der Boxenanlage an. „Ich nehme an, dass ich meinen Laptop nicht mit ins Geschäft nehmen darf. Richtig?"

„Da haben Sie Recht, außer Sie bringen ihn zur Reparatur. Da drüben ist die Reparaturannahme."

„Nein, mein Laptop funktioniert brav. Also muss ich ihn hier in einer der Boxen einschließen."

„Stimmt."

„Kann ich sicher sein, dass ich ihn auch wiederbekomme. Was, wenn ihn jemand stiehlt? Ist er versichert?"

„Bei uns nicht, aber wohl bei ihrer Haushaltsversicherung. Zudem. Hier steht immer ein Security. Was soll also groß passieren?"

„Ich könnte etwa beim Herauskommen aus dem Geschäft vergessen, den Laptop wieder aus der Box zu nehmen."

„Das wäre auch kein Malheur. Der hiesige Geschäftsführer hat natürlich einen Zweitschlüssel. Ist ein Gepäckstück bei Betriebsschluss nicht abgeholt, dann holt er dieses heraus und deponiert es in seinem Büro."

„Kommt das oft vor?", fragte ich scheinheilig.

„Hin und wieder. Gestern erst wieder. Aber bis jetzt sind noch immer alle Gepäckstücke abgeholt worden."

„Und wenn nicht?"

„Dann übergeben wir es nach 14 Tagen der Polizei. Die soll es dann öffnen und den Besitzer suchen. Wir dürfen das nicht."

Ich war wie elektrisiert. Ist noch nicht abgeholt worden, hat der Sicherheitsmann gesagt. War es der Beutekoffer? Ich hütete mich, danach zu fragen und mich so selbst in den Kreis der Mittäter einzureihen. So dumm war ich nicht! Was also tun? Soll ich mich hier irgendwo in der Nähe postieren und auf Wolfgang – oder Wanda – als potenzielle Täter warten?

Ja, sagte ich mir. Jetzt, wo ich schon hier war, wollte ich nicht wieder nach Hause fahren und dort auf Luises Anruf warten. Ich werde sie gleich selber anrufen und mich mit ihr beraten.

Kap_36 Observierung

„Hallo, Luise, wie geht es dir beim Observieren? Störe ich dich?"

173

Luise hatte tatsächlich gleich abgehoben. „Nein", war die Antwort. „Der Fuchs ist noch nicht aus seinem Bau gekommen."

Immer diese Anspielungen auf unsere Namen.

„Du meinst wohl den jungen Fuchs. Denn der alte sitzt nämlich nicht mehr in seinem Bau."

„So, so. Was tut Meister Reinecke gerade?", bewies Luise ihre Belesenheit.

„Ich warte hier auf jemanden, der die Beute abholt. Oder soll ich sagen, ich observiere das Beutelager", antwortete ich angeberisch.

Es entstand eine kleine Pause, bis sich Luise wieder meldete. „Habe ich dich wirklich richtig verstanden? Du hast bereits die Beute gefunden und wartest darauf, dass sie vom Täter oder sonst jemanden geholt wird?"

„Ja. Ich weiß das natürlich nicht mit Sicherheit. Aber es spricht vieles für meine Hypothese. Ich habe diesmal meine Fantasie spielen lassen, wo die Beute versteckt sein könnte, und warte nun vor dem Versteck."

„So, so. Du bist in meine Fußstapfen getreten. Das freut mich ungemein. Erzähl schon! Ich bin gespannt."

„Nun, ich habe mich geärgert, dass du mich schon wieder schmoren lässt. Also habe ich mich zusammengepackt und versucht, den Fluchtweg des Räubers aufgrund der Videoclips aus den Überwachungskameras Stück für Stück zu rekonstruieren."

„Gut gemacht", unterbrach mich Luise. „Ich nehme aber an, dass meine Kollegen das auch schon gemacht haben."

„Vielleicht. Ich weiß es nicht. Jedenfalls führte mich der Weg in ein Kaufhaus mit Gepäckaufbewahrungsboxen. Es scheint – ich betone – es scheint so, dass die Beute hier deponiert wurde, oder soll ich sagen, zwischengelagert. Denn nach Betriebsschluss wandern alle nicht abgeholten Gepäckstücke in das Büro des betreffenden Geschäftes. Gestern Abend blieb auch eines über, wie mir der Türsteher erzählte. Das könnte also der Beutekoffer sein, auch wenn ich ihn bislang nicht zu Gesicht bekam. Ich habe mich gehütet, mich hier durch allzu große Neugier selbst in den Kreis der Verdächtigen einzureihen."

„Das war sehr vernünftig", lobte mich Luise, „obwohl du als Wolfgangs Vater quasi automatisch zum erweiterten Kreis der Verdächtigen gehörst. Gehe als nicht hinein und hole das Gepäckstück ab. Die verlangen von dir den Schlüssel zu dieser Box. Und da du ihn nicht hast, händigen sie dir das Gepäckstück nicht aus, außer vielleicht unter Vorlage eines Ausweises."

„Wäre ich die Kommissarin, die diesen Fall untersucht, so hättest du ab diesem Zeitpunkt schlechte Karten und einen hohen Erklärungsbedarf. Ich bin also froh, dass du so klug warst das nicht zu tun", ließ Luise so etwas wie Sorge um mein Wohlergehen erkennen.

„Und wenn ich hineingehe, einfach nur um einen Blick auf das Gepäckstück werfen zu können? Ich könnte dann noch immer sagen, dass es nicht das ist, das ich für meinen vergesslichen Sohn abholen soll. Wenn es jedoch ein Rucksack ist, weiß ich, dass dies nicht die Beute ist und brauche hier nicht vergeblich warten."

„Das weißt du nicht," widersprach Luise schon wieder, „weil Wolfgang ja den Handkoffer in diesem Rucksack versteckt haben könnte. Die modernen Nylonrucksäcke lassen sich zudem so klein zusammenfalten, dass sie Wolfgang leicht in einer seiner Hosentaschen schon zum Tatort mitnehmen hätte können."

„Noch naheliegender und raffinierter wäre es gewesen, vor der Tat in einer der Gepäckboxen einen großen Koffer vorzubereiten, in dem dann der geraubte Handkoffer versteckt wird. Damit hätte Wolfgang auch vorausschauend sichergestellt, dass wirklich eine Box frei ist! Ich hätte es jedenfalls so gemacht, obwohl ich damit der Polizei wohl einen unwiderlegbaren Beweis für meinen Tatvorsatz geliefert hätte!"

„Ich sagte ja schon oft, dass aus dir eine sehr gute Kriminelle geworden wäre", lobte ich nun meinerseits Luise. Die lachte nur.

„Wolfgangs Idee, die Beute dort zu verstecken, finde ich übrigens recht vif. Frechheit siegt. Viele meiner Kollegen würden wohl nach einem ersten oberflächlichen Blick in das Kaufhaus die Gepäckaufbewahrung als Beutezwischenlager zunächst ausschließen. Immerhin steht dauernd ein Zerberus davor und zudem ist die Anlage videoüberwacht."

„… was nichts macht, weil Wolfgang unmittelbar beim Eingang – ich habe mich davon überzeugt – in die Toiletten verschwinden und sich dort unkenntlich machen konnte. Vielleicht aber hatte er das schon am Vorplatz gemacht, wo sich ja seine Spur verliert. Ein falscher Schnurrbart, ja Vollbart ist schnell angeklebt, das T-Shirt umgedreht. Wenn es ein Wende-T-Shirt ist, könnte er sogar deine Ratschläge an Kriminelle beherzigt haben: Auf der Flucht draußen unauffällig, drinnen auffällig – etwa mit einem gewagten Spruch auf der Brust. Jeder wird den Spruch zu lesen versuchen und ist somit von der Beobachtung der anderen Merkmale seiner Person abgelenkt. Frechheit siegt. Habe ich gut aufgepasst?"

„Du bist wirklich ein gelehriger Schüler. Alle Achtung", lobte mich Luise.

„Achtung. Es geht los", unterbrach ich Luise. „Ich melde mich später."

Jetzt würde wohl Luise schmoren. Recht geschieht ihr. Sie hat damit angefangen. Außerdem blieb wirklich keine Zeit für lange Erklärungen.

Kap_37 Es geht los

Wanda war gerade mit der Rolltreppe herauf zum Vorplatz mit der Gepäckaufbewahrung gekommen.

Ich bahnte mir rasch durch die Menschenmenge einen Weg zu ihr und ergriff sie am Arm, bevor sie im Geschäft verschwinden konnte.

„Sie, Herr Fuchs?", sagte sie ehrlich erstaunt. „Was machen Sie hier?"

„Auf dich warten. Komm mit mir dort hinüber ins Cafe, und ich erkläre es dir." Ich hatte ihren Arm nicht losgelassen und zog sie mit sanfter, aber unwiderstehlicher Gewalt dorthin. Anders als unter der Dusche war es diesmal wirklich Nötigung.

Ich bugsierte sie zu einem möglichst abseits stehenden Tisch, drückte sie auf den Stuhl und nahm selber Platz.

„Zwei Cafe Americano", rief ich der vielbeschäftigten Serviererin zu.

„Du fragtest, was ich hier mache?", begann ich das Gespräch. „Ich habe auf dich gewartet. Ich wusste, dass du erscheinen würdest – oder Wolfgang."

Wanda sah mich unsicher an.

„Zeig mir den Schlüssel, den dir Wolfgang gab", forderte ich sie auf.

„Mir hat Wolfgang keinen Schlüssel gegeben. Was meinen Sie damit?"

Ich dachte kurz nach und entwickelte augenblicklich eine neue Hypothese. Ja, es könnte auch so gewesen sein, dass Wanda am Vorplatz den Handkoffer übernahm und ihn hier deponierte. Dann hätte sie formal gesehen die Wahrheit gesagt, dass Wolfgang ihr keinen Schlüssel gab. Allerdings: Luise hat bei der Formulierung des Antwortbriefes an Wolfgang genauso haarspalterisch argumentiert. Nein, Unsinn, schalt ich mich sofort. Wozu hätte sie den Handkoffer für nur einen Tag hier deponieren sollen? Da gab es wahrlich bessere Verstecke. Zudem würde sie ihr eigenes Alibi verlieren. Nein nein, es war schon Wolfgang, der hier das Gepäckstück deponiert hatte.

„Wäre es dir lieber, wenn ich mir deine Handtasche kralle und sie nach einem bestimmten Schlüssel durchsuche? Das würde wohl nicht ohne großes Aufsehen zu erregen abgehen und würde mich zudem – denk an die Dusche – dem Vorwurf der Nötigung aussetzen."

Wanda wurde blass, sagte aber nichts.

„Daher würde ich es vorziehen, die Polizei zu rufen und diese dich durchsuchen zu lassen. Wäre dir das lieber?"

Wanda wurde noch blasser und begann in ihrer Handtasche zu kramen. Sekunden später lag der Schlüssel vor mir. Tränen standen in ihren Augen. Ich sagte aber nichts, noch nicht. Ich ließ sie dunsten. Luise würde meine Verhörtechnik wohl loben.

Schließlich begann Wanda unter Schluchzen zu erzählen. „Sie wissen es vielleicht nicht, Herr Fuchs, aber es ist so, dass es Wolfgang finanziell sehr schlecht geht. Das war auch der Grund, warum er so scharf auf Ihre Wohnung war. Er wollte sie gar nicht zu einer neuen Ordination umbauen. Deswegen hat er auch die Möglichkeit, sie anzumieten, nicht gewollt, obgleich er wusste, dass Sie nur eine kulante Miete verlangt hätten. Er wollte sie verkaufen, um all die aberwitzigen Schulden, die er in den letzten Jahren angehäuft hat, loszuwerden. Ein für alle Mal."

„Und trotzdem geht er – geht ihr – ins Casino?"

„Es war der verzweifelte Versuch, auf diesem Weg durch einen großen Gewinn die Kredite tilgen zu können. Wolfgang ist kein Spieler. Wirklich nicht. Mit so jemanden hätte ich mich nie eingelassen. Er wurde erst im letzten Jahr zum Spieler, als die Finanzlöcher immer größer wurden und sich immer schwerer durch Geldumschichtungen schließen ließen."

„Daher kamt ihr auf die Idee, den alten Herrn, der die Wohnung nicht überschreiben wollte, unter Druck zu setzen. Richtig?"

„Ja", antworte Wanda, während ihr die Tränen herunterliefen.

„Wer von euch hatte die grandiose Idee dazu? Wolfgang oder du?"

180

„Eigentlich keiner von uns. Wir lasen in einer Zeitung von einem Fall, dass ein Immobilienhai einen lästigen Altmieter, der nicht und nicht ausziehen wollte, schließlich über den Umweg der Entmündigung aus seiner angestammten, seit Jahrzehnten bewohnten Wohnung hinauswarf. Das brachte uns auf die Idee."

„… für deren Umsetzung man handfeste Gründe braucht, Fakten, Beweise, die man so einem Antrag beilegen muss, wenn man Erfolg haben will."

Wanda nickte.

„Die hast du Wolfgang verschafft."

Wieder nickte Wanda.

„Dabei war zunächst nur an Fotos gedacht, die den Zustand der Wohnung als schlecht dokumentieren sollten. Beweisen sollten, dass ich nach Amalies Tod nicht in der Lage wäre, die Wohnung in einem ordnungsgemäßen Zustand zu halten."

Wieder nickte Wanda und wischte sich mit der Hand die Tränen von der Wange. Einige Gäste sahen inzwischen immer wieder herüber und dachten sich wohl, was der alte Mann da gerade dem jungen Ding antut, dass dieses weint. Zum Glück kam aber vorerst niemand herüber und ergriff für Wanda Partei.

„Wie war das mit der Dusche?", wollte ich von wissen. Ich fragte das, um zu erfahren, ob sie mir hier die Wahrheit sagt. Immerhin hatte ich ja Luises Tonaufzeichnung aus dem Casino zum Vergleich.

„Es war Wolfgangs Idee, hier ein verfängliches Video zu drehen, um Sie unter Druck zu setzen."

„Und du hast zugestimmt, obwohl du seine Freundin bist?"

„So weit, wie es dann kam, hätte es ja nicht kommen sollen. Wolfgang und ich waren uns einig, dass Sie mich nicht nackt sehen sollten. Dennoch sollten wir beide nackt unter der Dusche gefilmt werden, wobei es so aussehen sollte, als ob ich Ihnen gezwungenermaßen Nuttendienste angedeihen lasse. Als ich Sie damals fragte, ob ich auch tiefer gehen soll, war das meine Unsicherheit, nicht ein verklausuliertes sexuelles Angebot. Wolfgang war dann auch fuchsteufelswild, als er erfuhr, dass Sie beim Einseifen einen Höhepunkt bekamen. Ich selber fand das halb so schlimm. Es war für mich eine neue, delikate Erfahrung."

„Wirklich, für dich als Mutter zweier Kinder?"

„Blödsinn. Das habe ich so nie behauptet. Ich habe keine eigenen Kinder. Wolfgang hätte nie eine Freundin mit Kindern akzeptiert. Meine Aussage war nur bewusst missverständlich getätigt, eine Notlüge, um vor dem Mittagessen weggehen zu können."

Ich hörte Wandas Aussagen mit großer Befriedigung. Wie gut doch Luise und ich das alles eingeschätzt hatten. Wir waren offenbar wirklich ein tolles Kriminalisten-Paar.

„Wie hast du dir vorgestellt, soll das hier weitergehen?", fragte ich Wanda.

Sie schüttelte nur ihren Kopf verzweifelt und brach wieder in Tränen aus. Die Blicke einiger Gäste erdolchten mich gerade. Was sie sich wohl dachten? Ein Vater, der gerade seine Tochter drangsaliert, oder ein alter Mann, der seine Freundin belästigt, ja bedroht.

Jedenfalls sah es nach Drangsalieren aus und veranlasste einen jungen stämmigen Mann von seinem Tisch aufzustehen, sich vor mir groß aufzubauen und Wanda zu fragen. „Brauchen Sie Hilfe, junge Frau? Bedrängte er Sie? Soll ich ihm die Tür weisen oder gar die Polizei rufen?"

Um Gottes Willen, nur das nicht, dachte ich verzweifelt. Wanda kam mir zum Glück zu Hilfe. „Nein, er tut mir nichts. Im Gegenteil. Ich habe großen Kummer, wirklich großen Kummer, und er versucht mir zu helfen."

Der junge Mann wiegte noch mehrmals zweifelnd sein Haupt, ob er das auch glauben solle, ging dann aber wieder wortlos an seinen Tisch zurück.

Wie Recht Wanda hatte. Ja, ich wollte ihr und Wolfgang wirklich helfen. Immerhin bin ich Wolfgangs Vater – auch in schlechten Zeiten. Unklar war mir nur, wie.

Da läutete mein Handy und nahm mir die Entscheidung ab. Es war Luise. „Der junge Fuchs hat eben seinen Bau verlassen. Ich folge ihm."

„Ich wurde gerade angerufen, dass Wolfgang von zu Hause weggegangen ist. Gehe ich richtig in der Annahme, dass ihr euch hier treffen wollt."

Wanda nickte und fragte nach: „Woher wissen Sie das, Herr Fuchs? Wird Wolfgang schon von der Polizei beschattet? Ist schon alles verloren?"

Ich schüttelte den Kopf.

Wieder brach sie in Tränen aus. Der junge, stämmige Mann sah wieder argwöhnisch herüber.

„Sie haben mich hier erwartet, stimmt's? Das war kein Zufall. Sie wissen bereits alles und sind dennoch nicht zur Polizei gegangen."

Jetzt nickte ich.

„Danke", flüsterte Wanda fast unhörbar mit einer Zärtlichkeit, die mir fast das Herz brach. Wie konnten sich die jungen Leute nur in diese verfahrene, unlösbare Situation hinein manövrieren?

„Beruhige dich", sagte ich mit aller Zärtlichkeit in der Stimme, zu der ich als alter Mann fähig war. „Wir warten jetzt auf Wolfgang. Dann werden wir weitersehen."

Wortlos widmeten wir uns dem inzwischen erkalteten Kaffee.

Kap_38 Eine Lösung?

Erst nach einer halben Stunde war es soweit, da Wolfgang ja mit der U-Bahn fahren musste. Sein mintfarbener Ford Mustang gehörte ja nicht mehr ihm.

Wanda winke ihm zu, was ihn offenbar total entgeisterte. Das hatte er ersichtlich nicht erwartet, nämlich dass Wanda hier mit mir gemeinsam Kaffee trinkt.

Schließlich entschied er sich, argwöhnisch von dem jungen stämmigen Mann beäugt, doch an unseren Tisch zu kommen. Was blieb ihm anderes übrig.

Er sagte nur knapp „Hallo, Papa", was ich mit einem „Hallo, Sohn" erwiderte. Wolfgang nahm auf einem der beiden noch freien Stühle Platz. Man sah ihm an, dass er sich ertappt fühlte. Hilfe suchend griff er nach Wandas Hand, die sie ihm nicht entzog, sondern ersichtlich aufmunternd drückte und beruhigend sagte: „Dein Papa weiß alles. Es wird alles gut werden."

„Woher?", fragte Wolfgang. „Hast du es ihm erzählt? Ich dachte, ich könne dir vertrauen!"

„Kannst du", antwortete Wanda ersichtlich gekränkt. „Dein Papa wusste schon alles. Ich brauchte ihm nichts erzählen."

„Ja, aber woher?", fragte Wolfgang verzweifelt nach.

„Von meiner neuen Haushälterin", mischte ich mich ein. „Hier kommt sie übrigens. Darf ich vorstellen: Mein Sohn Dr. Wolfgang Fuchs, seine Freundin Wanda Wolf."

„Woher zum Teufel weiß Papa deinen Familiennamen?", fragte Wolfgang noch entsetzter und griff sich an den Kopf.

„Von mir", mischte sich Luise ein, „wobei ich mir verbiete, als Teufel bezeichnet zu werden. Im Übrigen kennen wir einander schon, jedenfalls flüchtig. Ich saß im Casino nur zwei Tische entfernt von euch im Speisesaal."

„Sie kamen mir gleich irgendwie bekannt vor", widersprach Wolfgang nicht. „Und von dort haben sie uns verfolgt und herausgefunden, wer Wanda ist. Stimmt's?"

„Nein, Herr Doktor. Ihre Diagnose ist falsch. Aber das ist jetzt auch völlig egal. Tatsache ist, dass ihr Vater alles weiß, besser: fast alles. Zum Beispiel weiß er noch nicht, wie hoch Ihre Schulden wirklich sind, also ob sich diese", sie senkte ihre Stimme zu einem Flüstern, „aus der Beute wirklich hätten begleichen lassen."

Wolfgang wurde leichenblass.

„Wissen Sie, wie groß die Beute wirklich ist?", bedrängte Luise Wolfgang, wenn auch mit leiser Stimme. „Das Strafmaß hängt ganz wesentlich davon ab."

Wolfgang schüttelte den Kopf. „Ich weiß nur, dass der Mann an der Kassa im Casino einen ganzen Stapel an Banknoten in den Koffer tat. Ich sah das nur sehr undeutlich von draußen. Drinnen wäre ich vielleicht als ehemaliger Besucher erkannt worden. Und dann noch die Kameras. Nein, danke. Zudem hätte man mich mit T-Shirt und Bluejeans dort gar nicht hineingelassen. Dort herrscht für Herren Anzug- und Krawattenzwang."

„Ich weiß", antwortete Luise. „Damals im Speisesaal fiel mir sofort auf, wie elegant ihr beide gekleidet wart. Kurz: Welch schönes Paar ihr abgebt – oder abgegeben hättet."

Luise konnte es nicht lassen. Immer wieder hängte sie am Ende eines Satzes etwas an, was die Aussage des Satze konterkarierte. Ich wusste schon um diese ihre Taktik, Wolfgang und Wanda nicht. Daher huschte ihnen zuerst ein erfreutes Lächeln über das Gesicht, das beim Nachsatz gefror.

„Denn es ist euch wohl klar", setze Luise mit für die übrigen Gäste unhörbarer Stimme hinzu, „dass Wolfgang bis zu 10 Jahre ausfasst, Wanda wahrscheinlich etwas weniger."

Ich konnte zusehen, wie sich Wandas Schleusen wieder öffneten und Sturzbäche von Tränen herabstürzten.

„Jetzt hab ich aber genug", erboste sich der junge stämmige Mann, der angesichts der neuen Tränenfluten wieder zu unserem Tisch gekommen war. „Ich hole jetzt die Polizei. Ich kann nicht länger zusehen, was mit der armen jungen Frau hier passiert."

„Nur zu", pokerte Luise. „Ich bin von der Kriminalpolizei. Wollen Sie meinen Ausweis sehen. Nein? Aber ich Ihren. Na, wird's bald."

Der junge Mann nestelte völlig überrumpelt in seinem Portemonnaie herum und zog endlich einen arg zerknitterten Führerschein heraus. Luise sah sich das Bild lange an, dann ihn, dann wieder das Bild. „Sie wissen schon, dass dieses Bild nicht mehr rechtskonform ist, weil Sie nicht eindeutig erkennbar sind. Sie sollten schleunigst Ihren Führerschein auf einen Scheckkartenführerschein mit aktuellem Foto umschreiben lassen. Der ist auch weniger schmutzanfällig. Hier", sie nahm den Führerschein demonstrativ nur mit zwei Fingern, „haben Sie Ihr Schmuddelexemplar zurück. Und jetzt verziehen Sie sich und stören Sie nicht die hiesige Amtshandlung."

Irgendwie tat mir der junge Mann leid. Endlich einer, der nicht wegsah, der Zivilcourage zeigte, und dann dies. Aber Luise hatte Recht. Wir konnten keine Störung brauchen. Und wieder sah man: Frechheit siegt.

„Hättest du ihm wirklich einen Dienst-Ausweis zeigen können", wollte ich von Luise wissen.

188

„Ja", war die prompte Antwort. „Das Entwertungsloch hätte ich geschickt mit den Fingern abgedeckt."

„Nun zu euch", fuhr Luise nach dieser Unterbrechung fort. „Das mit der Kriminalpolizei war kein Bluff. Ich bin, falsch, ich war wirklich bei der Kriminalpolizei."

Wieder öffneten sich Wandas Schleusen und Wolfgang schlug sich die Hände vors Gesicht: „Dann ist alles aus", flüsterte er verzweifelt, „aus und vorbei."

„Noch nicht", belehrte ihm Luise mit fester Stimme – aber bar jeden Mitleids. „Die Strafe lässt sich mit tätiger Reue beträchtlich senken."

„Das heißt wohl", sagte Wolfgang, „dass wir die Beute zurückgeben müssen."

„Im Prinzip ja, junger Mann. Aber hast du sie überhaupt zum Zurückgeben?", wechselte Luise ohne zu fragen zum du – wie früher bei Verhören von Jugendlichen nach unüberlegten Lausbubenstreichen.

Wolfgang sah Wanda an, und als diese verneinend den Kopf schüttelte, schlug er wieder verzweifelt die Hände vors Gesicht. „Ich gehe dann für einen Raubüberfall in den Häfen, ohne je etwas von der Beute gehabt zu haben."

„Du hast eine recht kindliche Vorstellung von Recht, junger Mann", ergriff Luise wieder das

Wort. „Die Haftstrafe ist nicht eine Zeit, wo du dir die Beute quasi verdienst und sie dann dir gehört. Mit der Aussicht auf eine kürzere Haft lockt man den Kriminellen, die Beute zurückzugeben, die man sonst vielleicht nie fände. Er kann sie ja anderen Personen geschenkt oder im Wald vergraben haben. Wo hast du sie versteckt?"

„Ihr wisst es doch ohnehin."

„Stimmt", gab Luise zu. „Aber ich wollte es von dir hören. Mit der Rückgabe der Beute ist es nämlich so eine Sache. Wenn Wanda, wie von dir geplant, nun den Beute-Koffer gegen Vorlage des Schlüssels aus dem Büro holt, dann macht sie sich zur Mittäterin, während sie bisher nur Mitwisserin war. Der Strafrahmen ist entsprechend höher. Willst du das?"

„Nein, natürlich nicht."

„Wenn du ihn selber holst, bleibst du Einzeltäter. Egal wer dort hineingeht, er entgeht der Entdeckung nicht. Der Mensch im Büro wird mit Sicherheit einen Ausweis verlangen. Und anders als professionelle Kriminelle habt ihr sicher keine perfekt gefälschten Ausweise für derartige Fälle."

„Wir haben gar keine falschen Ausweise, geschweige perfekt gefälschte."

„Also solltet ihr dort nicht hineingehen. Dass weder dein Vater noch ich dort hineingehen, um für euch den Beutekoffer zu holen, ist euch wohl auch klar?"

Wanda und Wolfgang nickten.

„Aber wie sollen wir ihn dann als tätige Reue zurückgeben, wenn wir ihn gar nicht haben?"

„Soll ich jetzt garstig, wie ich nun einmal bin – dein Vater bezeichnet mich manchmal als Ekel – sagen, das hättest du dir früher überlegen sollen? Das kann ich nicht einmal als Kriminalbeamtin a.D. deinem Vater antun."

Ich blickte dankbar zu Luise. Ein Schatz von einer Frau.

„Daher gibt es zwei Möglichkeiten:"

„Die erste, sichere. Du schickst den von allen DNA-Spuren gesäuberten Schlüssel – wie man das macht, sage ich dir auf Wunsch als Mitgift in deine zukünftige kriminelle Karriere – der Polizei mit einem kurzen ebenso von Spuren befreiten Hinweis, dass dort die Beute wäre. Das reicht."

„Die zweite, unsichere. Du tust gar nichts. Laut Vorschrift muss der Betriebsleiter des Geschäfts nach 14 Tagen das Gepäckstück der Polizei übergeben."

„Warum ist die zweite unsicher?", wollte Wolfgang wissen.

„Für einen Nachwuchskriminellen bist du reichlich dämlich. Denn was passiert, wenn auch der Betriebsleiter seine kriminelle Ader entdeckt? Nun? Was?"

„Alles klar", sagte Wolfgang.

„Bleibt noch die körperliche Attacke beim Raub. War eine Waffe im Spiel? Das würde das Strafmaß erhöhen."

„Nein. Ich habe ihm mit bloßen Händen den Handkoffer entrissen. Er war so überrascht, dass er gleich losließ und dabei stürzte. Viel passiert kann ihm nicht sein."

„Umso besser: Fassen wir im Sinne eines guten Strafverteidigers zusammen: Du wolltest das Opfer ablenken und den Koffer als Trickdieb stehlen. Leider merkte der Mann das und wehrte sich, sodass du ihm letztlich den Koffer als Einzeltäter entrissen hast. Weder Waffen noch Mittäter waren im Spiel, auch kein Vorsatz. Also nur einfacher räuberischer Diebstahl."

„Wanda als Lebensgefährtin erfährt davon, von dieser schließlich dein Vater. Beide müssen dich als Familienmitglieder nicht anzeigen, sprich verpfeifen. Oder hast du vor, mit der Beute einen Terrorakt zu finanzieren? Dann sähe die Sache wegen der Schwere der Tat und der noch gegebenen Vereitelungsmöglichkeit anders aus."

„Als aktive Kriminalistin hätte ich Anzeige erstatten müssen. Im Ruhestand bin ich nun gewöhnliche Staatsbürgerin und zu keiner Anzeige verpflichtet. Also wird dich keiner von uns verpfeifen. Wenn du Glück hast und schnell genug tätige Reue übst,

kommst du vielleicht mit einem blauen Auge davon
– so man dich überhaupt als Täter findet."

„Überlegt, ob ihr nicht einen besseren Weg findet,
eure Probleme zu lösen als auf diesem Weg. Bis
zum 1. 10. ist noch deutlich mehr als ein Monat
Zeit."

„… ihr wisst wirklich alles", konnte es Wolfgang
wieder nicht fassen.

„Ich würde dir, Wolfgang, raten, deinen Vater zu
besuchen und mit ihm offen und ehrlich zu reden.
Er hat ein gutes Herz und wird euch helfen."

„Und Sie?", fragten Wanda und Wolfgang aus einem Mund.

„Ich bin nur die Haushälterin."

Kap_39 Ein neues Leben

Wanda und Wolfgang waren tatsächlich wie von
Luise angeregt wenige Tage später gekommen und
hatten reinen Tisch gemacht. Wolfgang zeigte mir
das dicke Bündel an Schuldscheinen und Kredit-
briefen wie auch seine Steuererklärungen. Wie man
bei einem derart hohen Einkommen so ins Finanz-
chaos stürzen konnte, war mir schleierhaft.

Amalie und ich verdienten wesentlich weniger, und
hatten uns die damals leistbare, heute unerschwing-
liche Eigentumswohnung erarbeitet.

Wolfgang war wirklich ein tüchtiger Arzt, jedenfalls ein geschäftstüchtiger. Er verdiente sehr gut – gab aber leider lange Zeit großspurig und angeberisch mehr aus als er einnahm. Was ich an der Nachkommenschaft anderer oft hochmütig bemängelt hatte, war auch mir jetzt nicht erspart geblieben – #MeToo.

Als Wolfgang das Wasser bis zum Halse stand, glaubte er das Glück im Casino erzwingen zu können. Er war wie viele andere einfach dumm gewesen, hatte der Mathematik nicht geglaubt, dass auf lange Sicht beim Roulett nur einer gewinnt: die Bank, und zwar ein 37tel der Gesamteinsätze. Aber Wolfgang war, wie Wanda betonte, kein krankhafter Spieler. Ich hoffe, sie hat Recht.

Wanda war von Beruf Erzieherin in der Nachmittagsbetreuung einer Schule mit integrativer Betreuung von Kindern mit besonderen Bedürfnissen. Deswegen ging sie damals immer zu Mittag weg. In diesem Sinn musste sie wirklich zu ihren Kindern und hatte nicht gelogen. Nur waren es nicht die eigenen, sondern zwei behinderte, um die sich kümmern musste und rührend sorgte.

Wolfgang und Wanda zogen zu mir in die Wohnung und richteten mit mir gemeinsam dort die neue Ordination ein. Als wir Mitte September fertig waren, verkaufte Wolfgang die bisherige Ordination und konnte mit dem Erlös den Großteil seiner Schulden tilgen.

Mit meiner Zustimmung konnte er auf meine Wohnung eine Hypothek aufnehmen und die restlichen Altschulden so umschulden.

Sie sehen: Geschenkt habe ich ihm das Geld nicht, nur geborgt. Strafe muss sein!

Ich zog in das Pensionistenheim, wo Luise wohnt. Ihretwegen – trotz der alten Damen, die ich bei Tisch kennenlernen musste. Zwar nicht in ihr Appartement, aber nicht weit davon: Zimmer 412. Wir konnten uns so täglich in der Früh von den Terrassen zuwinken und ausmachen, wer heute wen besuchen würde.

Wolfgang und Wanda hatten vor zu heiraten, konnten sich aber noch nicht einigen, ob es eine Fuchs- oder Wolfsfamilie werden sollte.

Alles schien eitel Wonne zu sein.

Und dann kam die Nachricht, die alles Glück über Nacht zerstörte.

Sie, liebe Leserin und lieber Leser, werden sich erinnern, dass ich mich von Dr. Schnell zu diversen Fachärzten überweisen ließ. Nachdem der Wohnungsumbau und die Übersiedlung erledigt waren, hatte ich genügend Zeit gehabt von Arzt zu Arzt, von Labor zu Labor zu pilgern. Ich tat es, obwohl ich ursprünglich nur der drohenden Entmündigung aus gesundheitlichen Gründen – gemeint ist vor allem die Demenz – mit guten Attesten zuvorkommen wollte, und dieser Grund inzwischen obsolet war. Aber erstens kommt es anders, und zweitens als man denkt.

Eines Tages rief Dr. Schnell an und teilte mir mit, dass er nun alle Befunde der Fachärzte am Tisch habe und sie mit mir besprechen wolle. Ob ich am Freitag am Nachmittag Zeit hätte? Als letzter Patient, so um 19 Uhr? Ja? Ich hatte.

Diesmal war das Wartezimmer nicht gähnend leer. Es waren noch zwei Patienten vor mir. Aber Dr. Schnell machte auch heute seinem Namen Ehre. Knappe 10 Minuten später stand ich in seiner Ordination.

„Sie können sich vorstellen, Herr Fuchs, warum ich Sie heute als Letzten eingeteilt habe?"

„Ja. Weil die später gekommenen Patienten angesichts der Fülle an Befunden, die Sie mit mir besprechen wollen, mit langen Wartezeiten zu rechnen hätten."

„Ja – auch."

„Was heißt auch?", fragte ich verwundert, ja ein wenig beunruhigt. „Ist irgendetwas nicht in Ordnung?"

„Sie wissen, Herr Fuchs, dass ich nicht gerne um den Brei herumrede. Einige Befunde sind schön, einige altersgemäß – und einer ist gar nicht schön."

Ich schluckte.

Dr. Schnell sah mich ernst an. „Sie haben im Kopf einen Tumor. Inoperabel. Direkt am Kleinhirn. So leid es mir tut. Aber ich muss Ihnen in Übereinstimmung mit dem Facharzt sagen, dass Sie nur mehr wenige Monate unter uns weilen werden."

Ich schluckte und merkte, wie mir die Tränen hochstiegen, die ich aber tapfer unterdrückte. Traf mich jetzt das gleiche Schicksal wie Amalie – #MeToo. Jetzt, wo alles so schön zu werden schien. Wo ich mit Luise eine neue Gefährtin gefunden hatte. Anders als Amalie, aber doch auch beglückend. Wo sich Wolfgang und Wanda endlich endgültig gefunden hatten. Werde ich deren Hochzeit noch erleben? Enkelkinder mit Sicherheit nicht!

„Was ist mit Bestrahlungen. Da gibt es doch jetzt ganz neue, tolle Geräte."

„Ich will Ihnen keine falschen Hoffnungen machen. Ihr Tumor ist metastasierend. Ihren Krebs kriegen wir Ärzte nicht mehr in den Griff, weder durch Bestrahlung noch operativ."

„Ja, die chemische Keule könnten wir einsetzen. Sie würden Ihr Leben um ein paar Tage, vielleicht Wochen verlängern. Aber um welchen Preis! Die Tage, die Sie gewinnen, sind kein Gewinn. Glauben Sie mir. Oder fragen Sie bei einem anderen Arzt Ihres Vertrauens nach. Unter uns. Ich würde an Ihrer Stelle diese Therapie nicht machen."

„Kann mich jemand dazu zwingen? Etwa mein Sohn?"

„Nein – außer er lässt Sie entmündigen."

Schon wieder dieses Unwort. Da habe ich nun Befunde gesammelt, um einer Entmündigung zu entgehen, und liefere nun selbst jene Fakten, die zu ihr führen könnten.

Zum Glück weiß aber niemand außer die beteiligten Ärzte davon. Und die sind zur Verschwiegenheit verpflichtet!

Kap_40 Epilog: Bevor ich lästig falle

Nun sind wir wieder dort, liebe Leserin und lieber Leser, wo ich meine Errzählung begann.

Ich sitze hier am Esstisch im Appartement 412 und referiere gerade nochmals halblaut über meinen Abschiedsbrief, den ich vorsorglich schon jetzt, noch einigermaßen im Besitz meiner geistigen Kräfte, niedergeschrieben habe. In wenigen Wochen ist mir das sicherlich nicht mehr möglich.

Eigentlich ist es ein Vermächtnis, mein Rückblick auf ein erfülltes Leben – mein Leben. Nicht auf die kleinen und großen Lebensmomente selbst in ihrer unüberschaubaren Zahl während der rund 2,3 Milliarden Herzschläge kommt es mir dabei an, sondern auf die wesentlichen Erkenntnisse und Erfahrungen, die ich dabei gesammelt habe. Ich brauche heute nichts beschönigen, mich nicht besser machen als ich war. ‚Am Totenbett ist man ehrlich‘, sagt der Volksmund.

Seit der Mitteilung von Dr. Schnell sind etwas mehr als zwei Monate vergangen. Überall um mich herum bereitet man sich auf das Weihnachtsfest vor, auf die Ankunft des Erlösers.

Ich auch, aber in einem ganz anderen Sinn.

Inzwischen merke ich zunehmend, dass etwas in meinem Kopf nicht stimmt. Nicht im Kopf selbst merke ich es. Entgegen den Vorhersagen der Ärzte habe ich dort keine Schmerzen. Aber vielfach sonst. Vieles im Körper funktioniert nicht mehr so, wie ich es gewohnt bin, wie ich es Jahrzehnte lang als Selbstverständlichkeit hinnahm.

Aber nichts im Leben ist selbstverständlich. Nicht, dass Strom aus der Steckdose und Wasser aus dem Wasserhahn kommt, nicht, dass wir Luft zum Atmen und Nahrung zum Essen haben. Schon gar nicht selbstverständlich ist die Zuneigung, ja die Liebe, die mir ein Mensch schenkt.

Meine Glieder, die meinem Kopf bisher zuweilen widerwillig, aber letztlich doch gehorcht hatten, gehorchen nicht mehr, rebellieren. Es liegt aber wohl mehr am Kopf als an ihnen.

Irgendwie erinnern mich meine Gliedmaßen an das gemeine Volk, mein Kopf an die herrschende Elite.

Mit Letzterer geht es genauso bergab wie mit meinem Kopf – und damit auch mit dem nun schlecht geführten Volk. So wie der Mensch als Geschöpf der Natur letztlich als Ganzes versagt und stirbt, versagt auch die Gesellschaft als Geschöpf und Ausdruck unserer Kultur als Ganzes und stirbt. Das ist der Gang der Natur und jeder Kultur.

Wie hatte ich in meinem geliebten Schaukelstuhl vor einigen Wochen sinniert: ein ewiges Auf und Ab, ein nach Vor und Zurück. Wozu? Was bleibt?

Auf diese Frage nach dem Woher und Wohin, nach dem Wozu und Was-Bleibt hat die Menschheit immer nach Antworten gesucht. Medizinmänner, Zauberer, Schamanen, Priester und Weise bis hin zu Religionsstiftern hatten darauf ihre ganz persönliche Antwort gegeben, die die Masse der Menschen dann mehr oder weniger freiwillig nachgebetet hat, im engsten Sinn des Wortes nachgebetet.

Rituale entstanden, die wir, die heute in einer weitgehend anderen Kultur leben, nicht mehr verstehen, nicht mehr verstehen können.

So ist es auch mit dem Weihnachtsfest. Für Kinder, die einen illuminierten Weihnachtsbaum das erste Mal sehen, ist das ein Wunder, das sie mit ihren großen, glänzenden Augen in ihre Seele saugen und dort verinnerlichen.

Für die, welche dieses Ritual alljährlich – getrieben durch Wirtschaft und Religion, durch Geschäftemacher und Religionslakaien – wie ein Theaterstück aufführen, ist es das schon lange nicht mehr, sondern eine zeitaufwändige, teure, zunehmend lästige Pflichtübung, in der man Geschenke mit Gegengeschenken abgleicht, am besten gleich mit Geldgutscheinen. Mit all dem Brimborium hat man sich (bewusst?) vom Kern entfernt: vom Geschenk der Erlösung.

Was hält mich noch hier? Die Aussicht auf Langeweile statt lange Geile, auf gepampert statt gepoppt? Das hält mich sicher nicht! Was habe ich noch zu erwarten? Die schwere Last des Alters statt die leichtfertige Lust der Jugend! Nein danke!

Wenn ich nicht mehr bin, wird es für mich und die Hinterbliebenen eine Erlösung sein. Vielleicht wie bei Amalie! Ich will nicht anderen zur Last werden, lästig fallen. Ich will mir gar nicht vorstellen, wie es wäre in meinem jetzigen Zustand unsterblich zu sein. Entsetzlich! Ein Schrecken ohne die Möglichkeit seiner Beendigung.

Die zunehmend auftretenden Schmerzen und Einschränkungen haben mich veranlasst, mich darüber zu informieren, wie man den Zeitpunkt der eigenen Erlösung selbst bestimmen könnte. Sie, liebe Leserin und lieber Leser wissen wohl, was ich meine, oder?

Im Internet findet man jede Menge Informationen zu Giftpflanzen und Gifttieren, mit denen man sich selbstbestimmt erlösen kann. Bis jetzt habe ich noch nichts gefunden, womit ich mich hätte anfreunden können. Kein friedliches Hinübergleiten in das Unbekannte, sondern ein letzter, schrecklich schmerzvoller Kampf. Nein danke!

„Das will ich auch hoffen", höre ich plötzlich hinter mir Luises mir inzwischen wohl vertraute Stimme.

„Was machst denn du da?", frage ich erstaunt.

„Ja was wohl? Versuchen dich von deinen dummen Gedanken abzulenken. Die sind eines Werners nicht würdig."

„Bist du schon lange da?"

„Ja, eine ganze Weile."

„Das heißt, du hast das halblaute Geplapper rund um dieses Schreiben die ganze Zeit belauscht?"

„Das war ich mir als Ex-Kriminalistin wohl schuldig", lachte Luise, was aber ziemlich gekünstelt klang, um gleich anschließend zu fragen: „Hätte ich dich denn unterbrechen sollen?"

„Im Übrigen", ergänzte sie ohne meine Antwort abzuwarten, „war es rührend, einen unverfälschten Blick in deine Seele zu erhaschen. In Diskussionen oder auf direkte Fragen zu den Themen hätte ich sicher andere Antworten von dir erhalten. Dort hättest du nicht so frei von der Seele weg gesprochen. In solchen intellektuellen Kampf-Situationen wägt man jedes Wort ab, dort spielt man geistig Schach, überlegt sich jeden Zug und versucht den nächsten

Zug des Diskutanten oder die nächste Frage des Interviewers zu erraten und einzukalkulieren."

„Du redest, als ob du über ein Verhör sprichst, Frau Kommissar", versuchte ich die gedrückte Stimmung aufzuheitern und das Gespräch auf ein anderes Thema zu lenken.

„Ja. Verhöre laufen ganz genauso ab", gab mir Luise Recht. „Aber lenke mich nicht davon ab, weswegen ich gekommen bin."

„Weswegen?", wollte ich natürlich wissen.

„Weil ich mir Sorgen machte", antwortete Luise. „Du hast unser heutiges Jour-Fix-Winken um 9 Uhr auf der Terrasse versäumt."

„Stimmt", sagte ich ein wenig zerknirscht.

„Daher bin ich nun nachschauen gekommen. Als du auf mein leises Klopfen nicht reagiert hast, habe ich eben mit dem Zweitschlüssel, den du mir gabst, geöffnet. Es hätte ja sein können, dass du ausnahmsweise noch schläfst. Ich wollte dich nicht stören."

„Das ist ganz lieb gedacht. Und statt einen schlafenden Fuchs hast du einen gefühlsduselig vor sich hinplappernden vorgefunden."

„Sag bitte nicht ‚gefühlsduselig plappern'. Das war eine mir sehr an die Seele gehende Vorlesung. Vor allem das, was du über Liebe und Erlösung und Weihnachtsgeschenke gesagt hast."

„Wirklich?"

Luise ließ sich für eine Antwort ungewöhnlich viel Zeit: „Ja, wirklich. Du kennst doch sicher das folgende Zitat aus Goethe Faust I:"

Werd ich zum Augenblicke sagen:
Verweile doch! du bist so schön!
Dann magst du mich in Fesseln schlagen,
Dann will ich gern zugrunde gehn!

„Passt das nicht wunderbar auf deine, unsere Situation? Vielleicht sollten wir diese wunderbaren Zeilen mit Leben erfüllen."

Nach einer kleinen Pause, wo man sah, dass sie mit sich rang, sagte sie plötzlich mit einer für sie ungewohnt rauen, unsicheren Stimme: „Hast du jemals den Wunsch gehabt, mit mir zu schlafen?"

Ich war zu überrascht, als dass mein Bewusstsein ein Wort hervorgebracht hätte. Mein Unterbewusstsein war schneller und ließ mich heftig nicken.

„Dann komm", sagte Luise und ergriff meine Hand. „Es ist Zeit für ein passendes Vor-Weihnachtsgeschenk zwecks sexueller Erlösung", um nach einer Kunstpause frivol und mit einem Augenzwinkern zu ergänzen: „Mein junger Hausfreund kann heute nämlich nicht kommen."

Das war wieder meine gewohnte Luise. Sie konnte einfach nicht anders.

Inhaltsverzeichnis

Werke des Autors:

Genre Social-Fiction- und #MeToo-Romane:

Der Proklamator Band 1 (2017, 200 S.), 9,90 €

Der Proklamator Band 2 (2017, 230 S.), 9,90 €

Der Proklamator Band 3 (2017, 198 S.), 9,90 €

Die Empfängnisdame (2018, 200 S.), 9,90 €

Der Belästiger (2018, 202 S.), 11,00 €

(Pf)Affenliebe (2018, 204 S.), 11,00 €

Shivas (Ab)Wege (2019, 220 S.), 11,00 €

Der Raub der Schla(u)Wienerinnen, (2019, 208 S.), 11,00 €

Theaterstücke:

(M)ein Valentinstag (2019) (sucht Aufführungswillige)

Daneben schreibt/schrieb der Autor Kinder- und Jugendbücher sowie Fachliteratur.

Leicht veränderte Neudrucke wie dieser von einigen der obigen Werke sind bei tredition und amazon sowie über den Buchhandel erhältlich. Weitere folgen. Unabhängig davon kann jedes Buch zum angegebenen Preis direkt von mir im Fernhandel erworben werden. Näheres (Probeseiten, Informationen zur Ausstattung, zum Autor, zu Neuerungen, zum Bestellablauf und Versand) finden Sie auf meiner Homepage

www.buecher-rvm.at

Oder kontaktieren Sie mich direkt per E-Mail via

buecher.r.v.m@gmail.com

Zeitfracht Medien GmbH
Ferdinand-Jühlke-Straße 7
99095 Erfurt, Deutschland
produktsicherheit@kolibri360.de